Tanja viert feest

vlinders

vlinders

Meld je aan voor de Vlinders N I E U W S brief op:
www.vlinders4you.nl

NANDA ROEP

Tanja viert feest

vlinders

 Leopold

Voor Roos en Sofie

Eerste druk 2005
© 2005 tekst: Nanda Roep
Omslagontwerp: Rob Galema
Omslagillustratie: Joyce van Oorschot
Uitgeverij Leopold, Amsterdam
ISBN 90 258 4514 2 / NUR 283/284

Inhoud

Louisa heeft chatnet

'Daar ben je, kom binnen!'

Tanja laat zich door Louisa naar binnen trekken. Zoals zo vaak is iedereen vrolijk bij de familie Paula. Louisa's vader en moeder staan samen in de keuken. Ze ruimen de vaat op, tenminste, daar moet het op lijken. Maar Tanja ziet best hoe Louisa's vader zijn hand op de billen van zijn vrouw legt. Hij krijgt een kus van Louisa's moeder. Tanja kan het niet helpen dat ze haar ogen neerslaat.

Met grote passen rent Louisa de trap op. 'We zitten boven, moet je kijken wat we hebben gekregen!'

Nieuwsgierig stapt Tanja achter haar aan.

Op Louisa's kamertje zit Sandro. 'Het is klaar,' zegt hij. Hij veegt over zijn voorhoofd. In zijn vingers heeft hij een piepklein schroevendraaiertje. 'Volgens mij doet-ie het nu, probeer maar eens.'

Dan steekt-ie zijn hand op. 'Hoi Tanja.'

Wat zijn z'n lippen toch vol en rood en wat kijkt hij lief naar haar. Hij lijkt vergeten dat Tanja hem ooit zomaar begon te zoenen, of anders kan hij goed doen alsof dat zo is.

Tanja zegt hem gedag.

Zo aardig is hij, zo anders dan de jongens die Tanja elke week in CafetaRia ziet.

'Mijn vader heeft oude computers van zijn werk gekocht. Nu hebben we er allebei een!' Louisa heeft rode konen van enthousiasme. 'Er zit chatnet op, moet je kijken hoe vet dat is.'

Chatnet is net zoiets als msn, maar dan alleen voor vriendengroepjes. Louisa heeft er vaak over gepraat, maar Tanja heeft het nog nooit gezien.

'Let op,' zegt Louisa. Haar vingers bewegen over het toetsenbord. 'Met wie wil je chatten? Het moet iemand zijn die we kennen.'

Sandro zit intussen onder Louisa's bureau de snoeren weg te werken. Zijn stem klinkt gedempt als hij zegt: 'Schrijf je sexy nieuwe vriendje maar.'

'O!' Louisa begint te giechelen. 'Hij is mijn vriendje niet!'

'Nóg niet, nee.'

'Nog niet, inderdaad, hihi.'

Tanja trekt haar wenkbrauwen op. 'Chat je met hem, echt waar?'

Dat Louisa contact heeft met Floris, komt door Tanja – en daar is ze best trots op.

Pasgeleden hebben Tanja en Louisa auditie gedaan voor een kleine rol in *Het recht op geluk*. Nou ja... het was dus de bedoeling dat ze het *samen* zouden doen, maar op het laatste moment werd Louisa groen en geel van de zenuwen.

Toen moest Tanja alleen op haar beurt wachten. In de wachtruimte zat ook een superleuke jongen in een skate-broek. Floris. Tanja zag wel hoe leuk Louisa hem vond, ook al zei ze er – heel wijs – niets van.

Nadat Louisa was vertrokken, heeft Tanja gauw zijn nummer gevraagd. Dat was best een goeie actie van haar, al zegt ze het zelf! Hij wilde dat van Louisa ook, dus dat zat wel goed.

En nu schrijven ze dus. Op chatnet. Tof.

Gelukkig ging de auditie goed en mag Tanja meespelen in de soap. Ze mag zelfs een zinnetje zeggen, dat is echt fantastisch. Binnenkort krijgt ze het script met de post thuis, want de opnames zijn al bijna. Dat wordt super-spannend!

'Zal ik anders jóúw sexy nieuwe vriendinnetje eens mailen?!' roept Louisa pesterig tegen haar bureau.

Van onderuit klinkt de stem van Sandro: 'Mag best, hoor, doet me niks.'

'O?' vraagt Tanja iets te hard. 'Heb jij een vriendinnetje, Sandro?'

Ze doet haar best om enthousiast te klinken, maar eigenlijk breekt het zweet haar uit. Shit, Sandro heeft een vriendin. Dat kan toch niet!

'Mmm,' doet Sandro. Hij kruipt onder Louisa's bureau vandaan. 'Ze heet Masha.'

Tanja kijkt hem aan. Ze wíl wel knipperen met haar ogen, maar het lukt haar niet. Heeft ze nog kleur op haar gezicht? Ze voelt hoe het bloed langzaam uit haar wangen trekt. Maar ze zegt: 'Wat leuk!'

Sandro legt zijn hand op Tanja's schouder. 'Jij zult haar ook aardig vinden, dat weet ik zeker.'

Tanja glimlacht naar hem, maar het voelt alsof haar wangen van dikke klei zijn geworden.

Sandro een vriendinnetje?

Tanja's gedachten gaan razendsnel.

Natuurlijk heeft hij dat. Hij heeft alles wat een jongen volgens de Lijst van 3xL moet hebben: hij is knap, sexy, grappig, lief... Het enige wat hij mist, zijn gevoelens voor Tanja, helaas.

Meisjes worden gemakkelijk verliefd op hem, Tanja was natuurlijk niet de enige. Maar dat *hij* óók...

Ergens weet Tanja wel dat het niks kan worden tussen hen. Sandro is zoveel ouder, knapper en leuker dan zij. Tja, daar kan niemand wat aan doen. En nu blijkt dat er meisjes bestaan voor wie hij géén ver-van-mijn-bedshow is.

'Ik wil haar wel eens zien,' weet Tanja uit haar strot te persen.

Die Masha, wat heeft zíj wat Tanja niet heeft?

'Hé,' zegt Louisa nu, 'zal ik vast mailtjes sturen dat jij bijna jarig bent? Kan iedereen op je feestje komen.'

Tanja glimlacht en ze voelt dat het er schaapachtig uitziet. Dat feest, daar ziet ze nu al maanden tegen op. Maar Louisa blijft erop terugkomen, die begrijpt niet dat Tanja het lastig vindt om iedereen bij haar thuis uit te nodigen.

'Zal ik iedereen aanklikken?' vraagt Louisa. Met haar muis geeft ze aan dat Floris een bericht krijgt, Merel, Nikki, Saleena, Linda – en dan ziet Tanja *Laurens* ertussen staan.

'Néé,' zegt ze. 'Hij niet!' Spontaan is ze Sandro met zijn Masha vergeten.

'Hoezo niet?' Louisa kijkt Tanja aan.

Tanja hapt naar adem. 'Niet iedereen,' ze twijfelt even voordat ze zegt: 'mag straks komen.'

'Doe niet zo raar, waarom niet?'

Tanja haalt haar schouders op.

Vol ongeloof kijkt Louisa haar aan. 'Het is toch juist leuk als er veel mensen zijn?'

Tanja zucht.

'Wat is er nou?' vraagt Louisa.

Tanja schudt haar hoofd: 'Ik weet het niet. Ik... zie ertegen op om mijn huis te laten zien.'

'Waarom?'

'Gewoon.'

'Wat een onzin!' Louisa kijkt weer naar haar beeldscherm. 'De berichten zijn al verstuurd,' zegt ze.

'O.'

Louisa trekt even een verontschuldigend gezicht, maar dan vraagt ze: 'Heb je al een verlanglijstje gemaakt?'

Het lukt Tanja nu om te glimlachen. 'Nee.'

En ze vraagt zich af: wat is dat toch met Laurens…

Ze kent hem niet eens, heeft nog nooit normaal met hem gesproken. Waarom krijgt ze dan toch steeds de zenuwen van hem?

Als je 13 wordt...

Tanja tikt met haar pen tegen haar tanden. Welke ideeën heeft ze nog meer voor haar feestje?

Ma heeft al voorgesteld om een video te huren, maar Tanja is bang dat ze net de verkeerde zal kiezen. Een Disneyfilm is bijvoorbeeld leuk, maar ook op een feestje? Straks vindt de ene helft het oké, maar de rest niet.

En als je een film hebt opgezet die na tien minuten te kinderachtig blijkt, kan je hem moeilijk nog stoppen. Dus zit je als 'feestgever' nog anderhalf uur voor lul, terwijl iedereen erdoorheen begint te praten, opmerkingen gaat maken...

Met een heftige, superenge film ben je sneller cool, denkt Tanja, maar die mag ze van ma niet huren. Eerlijk gezegd is ze daar wel blij om, want dan zou ze zelf niet kunnen slapen.

Nee, een film vindt Tanja geen goed idee.

Ze ligt languit op haar bed met een leeg schrift voor zich. Er staat alleen nog maar 'video' in, en dat is alweer doorgekrast.

Wat moet ze doen? Koekhappen?

Op de Dagobertschool hield Wendy wel eens een slaapfeestje en dat was altijd een succes. Alleen... wie zou Tanja voor zoiets moeten uitnodigen? Louisa, en Marjan natuurlijk. Maar verder? Sandro en Lars zijn jongens, die mogen echt niet blijven slapen van ma. Als je van pyjamafeestjes houdt, moet je vooral met meisjes bevriend zijn, beseft Tanja. Want op je dertiende mogen er heus geen jongens van vijftien bij je slapen!

Wat kan ze doen? Moet ze misschien een feestje voor drie personen houden?

Tanja denkt eerlijk gezegd dat dit wel leuk zou worden. Ze zouden zeker weten de halve nacht de slappe lach hebben. Maar is het niet raar om maar twee mensen uit te nodigen als je jarig bent? Wat moet Louisa wel denken, die had een huis vol... Nee hoor, ze kan Marjan en Louisa misschien wel eens te logeren vragen, maar niet ter ere van haar verjaardag. Want die moet echt uitgebreid gevierd worden. Bovendien heeft Louisa haar hele chatlijst al uitgenodigd.

Tanja zucht...

Vroeger was het allemaal zoveel makkelijker. Dan wist je dat tante Annie en ome Cor zouden komen. Vaak was er ook iemand van pa's familie, met wie ze normaal maar weinig contact hebben. Haar stomme zus Stefanie nam vaak iemand mee, gewoon omdat dat leuk is als er taart en slingers in huis zijn.

Van de Dagobertschool kwamen veel vriendjes en vriendinnetjes even aanwippen. En natuurlijk de andere kinderen uit de wijk: Betsy, Wendy en Marisha. Mike niet, want die leerde ze pas veel later kennen, toen ze allang in groep acht zat.

Eigenlijk ging het altijd maar om één gast en dat was Marjan. Die was er de hele dag – ook vorig jaar.

's Ochtends kwam ze (met een cadeautje in haar hand) een boterham eten, tussen de middag ging ze weer mee voor broodjes. Op school mocht Tanja uitdelen, dat deed ze altijd samen met Marjan. En 's middags maakten Marjan en Tanja om de beurt de deur open voor hun vriendjes. Dat is hoe Tanja zich haar verjaardagen herinnert...

Goh, denkt ze, het was toch echt superleuk en vooral ongedwongen. Nooit heeft ze zich afgevraagd of ze er wel gaaf genoeg uitzag. Ze was niet onzeker of de kinderen haar feestje wel leuk vonden...

Nu wordt ze dertien. Shit, alles moet ineens anders.

Maar hoe?

Terwijl Louisa gisteren volop zat te chatnetten op haar nieuwe computer, is Tanja er op een gegeven moment opnieuw over begonnen. Dat ze ertegen opzag om iedereen haar thuis te laten zien – en of Louisa dat kon begrijpen. Tenslotte is alles bij Tanja thuis zoveel lelijker en goedkoper dan bij de anderen. Tanja heeft bijvoorbeeld een enorme tv op een krukje staan tegenover de oude, verkleurde bank. Geen hippe breedbeeld met dvd-speler, maar zo'n oude kast van een tv, die pa ooit eens op de kop heeft getikt. Terwijl de tv bij Louisa – wel met dvd, en trouwens ook een Playstation2 ernaast – in een chique houten kast is weggewerkt. Ze zitten daar op een moderne bank naar de programma's te kijken, of op een van de bijpassende stoelen.

'Er is bij ons niet eens plaats voor iedereen,' zei Tanja.

Louisa haalde haar schouders op.

Bij de familie Paula staan de kopjes thee of koffie op de glazen plaat van de salontafel, terwijl Tanja's pa zijn biertjes naast de bank op de grond zet. Hun houten bijzettafeltje gebruikt hij om zijn voeten op te leggen.

'Wij drinken uit mosterdglazen,' ging Tanja verder.

'Dat heb ik bij wel meer mensen gezien, hoor,' zei Louisa. Ze tikte een antwoord in op chatnet.

Bij gebrek aan goede ideeën voor haar verjaardag ligt Tanja gewoon maar wat in haar schrift te krassen.

Waar ze zich ook zorgen om maakt is of mensen opnieuw over haar zullen gaan roddelen als ze eenmaal haar huis hebben gezien. Misschien gaan ze dit keer roepen dat ze een bijstandskind is, of dat ze stinkt, of luizen heeft. Over zulke kinderachtige pesterijen hoor je wel eens. Zou zoiets in het tweede schooljaar nog gebeuren?

Tanja laat haar schouders hangen. Vast wel, denkt ze, want die stomme Animal – sorry, *Angela* – is ook geen brugklasser, maar toch was ze zo kinderachtig om tegen iedereen over Tanja te roddelen.

Meteen na Tanja's verjaardag begint de proefwerkweek, en daarna is het schoolkamp – o, en ook nog het toneelstuk. Het eerste jaar zit er nu bijna op. Er is zoveel gebeurd, en het is allemaal zo snel gegaan...

Een jaar geleden had Tanja nog een bloedhekel aan de studiebollen bij wie ze in de klas zou komen. En nu is ze zowaar vriendinnen met degene die ze de allergrootste bitch vond, Louisa.

De brugklas is zoveel beter verlopen dan Tanja had gedacht. Ze zou het vreselijk vinden als ze op het laatst alles nog verpestte door een stom feest te geven in een debiel huis met achterlijke ouders.

Toen ze het er gisteren met Louisa over had, zat die op haar beeldscherm berichtjes te lezen en zei: 'Je kunt natuurlijk altijd mooie glazen *lenen*.'

Tanja kon het niet geloven. 'Bedoel je dat ik weer moet stelen?!'

'Sst!' Louisa keek haar boos aan. 'Niet zo hard!'

Meteen ging Tanja over in een hees gefluister. 'Ik kan toch niet stelen? Ik ben al een keer betrapt!'

Tanja denkt aan dit gesprek en kijkt nu op van haar schrift.

Ze vraagt zich af: Hoe groot is de kans dat je twéé keer wordt gepakt?

Ze tikt haar pen weer tegen haar tanden.

Op zich zou ze grote chipsschalen bij Louisa kunnen lenen. Maar andere dingen, zoals slingers, ballonnen en feestlampjes, passen gemakkelijk in een jaszak...

Tanja schudt haar hoofd: niet aan denken, het is een megaslecht plan om weer te stelen.

Ze kijkt in haar schrift in de hoop nog een verjaardags-idee te krijgen. Maar ergens weet ze dat dat niet komt.

In gedachten ziet ze een feest voor zich met knipperende discolampen, glitterballen, kleurige drankjes. Als ze toch eens een echte *party* kon geven, met zichzelf als stralend middelpunt...

Ik ben niet veranderd

Tanja stapt tussen de coniferen door naar het huis van Marjan. 'Hé, mijn lekkere schatje!' roept haar vriendin meteen.

'Bolletje!'

'Ik ben afgevallen, zie je het al?' Marjan draait langzaam rond.

Inderdaad bollen haar heupen wat minder over haar broekrand.

'Het is echt zo,' knikt Tanja met een brede lach.

'Mmm,' doet Marjan trots.

'Wie had dat gedacht, hoe heb je het gedaan!'

'Hoe ik hét gedaan heb?' Marjan lacht gemeen naar Tanja voordat ze zegt: 'Nou, eerst heb ik verkering gevraagd en toen begon ik hem te zoenen. Ik trok zijn kleren uit, en de mijne…'

'Viezerik!' Tanja pakt een kussen van de bank en gooit het naar Marjans hoofd.

'En toen, haha, ging het eigenlijk vanzelf. Zo heb ik *het* gedaan!'

Tanja ploft neer op de leren driezits van Marjan en trekt haar vriendin mee. 'Ik ben met mijn verjaardag bezig,' zegt ze.

'Over een paar weken ben je eindelijk dertien!'

'Ik heb geen idee wat ik moet doen.'

'Gewoon, wat je anders ook doet, toch?'

Tanja schudt haar hoofd. 'Kan niet meer.'

'Waarom niet?'

'Omdat ik nu...' Ze zucht. 'Er komen klasgenoten.'

'Studiebollen, bedoel je.'

'En toffe mensen.'

'Mmm.' Marjan kijkt Tanja onderzoekend aan. 'Dus dat Zeikpis Schijtcollege heeft je toch te pakken gekregen.'

'*Ik* ben niet veranderd!' roept Tanja. '*Zij* zijn anders!' Ze slaat haar armen over elkaar. 'En het heet het Rhijnvis Feithcollege.'

'O!' Marjan wijst naar Tanja. 'Zie je wel!' Ze pakt Tanja bij de schouders en schudt haar door elkaar. 'Hallooo, geef me Tanja terug!' Ze houdt Tanja's hoofd tussen twee handen.

'Tanja?' Zoekend kijkt ze in haar ogen.

Tanja giechelt.

Marjan draait Tanja's hoofd opzij en fluistert in haar oor: 'Tanja, waar ben je?'

'Hihi, doe niet zo gek.'

'Hier is ze ook niet. Alleen een berg oorsmeer.'

'Echt niet!' Tanja trekt zich los. 'Oké, oké, misschien ben ik óók een beetje anders geworden. Maar je weet niet hoe het is als je de enige bent in monsterlijke kleding, terwijl alle anderen eruitzien als in een tijdschrift.' Ze kijkt Marjan aan. 'En dan bedoel ik: álle anderen.'

'Ik niet.' Marjan zegt het triomfantelijk.

'Nee, jij bent mijn redding geweest.' Tanja stoot Marjan pesterig aan. 'Maar je moet toch toegeven dat ik een ontzettend buitenbeentje was geworden als ik me niet had aangepast. Moet je maar eens bedenken dat jíj de hele dag naast Louisa zit.'

Marjan knikt. Ze draait een sjekkie. 'Misschien wel.'

'Jij zou misschien helemaal niet roken als je op het Rhijnvis zat, want daar rookt bijna niemand, alleen de tweedejaars die Louisa kent.'

'Daar moet ik trouwens sowieso mee stoppen.'

'Ik vind het ook léúk dat ik ben veranderd. Ik voel me mooier nu. Ik mag in een soap spelen, geef toe dat dat supercool is. Dat was niet gebeurd als ik die dag niet met Louisa in het centrum van Zuideroog had rondgehangen. Nou, daar kwam ik vroeger nóóit.'

Opnieuw knikt Marjan. 'Die lui van *Het recht* zijn niet bij ons in CafetaRia komen kijken, nee.'

Tanja is stil. Ze peutert aan de losse naden van de bank. Zelf vindt ze dat haar leventje er goed uitziet, misschien wel beter dan een jaar terug.

Al met al heeft ze toch meer zelfvertrouwen nu, denkt ze. Dat ze vrienden heeft gevonden op het Rhijnvis, helpt natuurlijk. En dat ze in zo'n leuke schoolband mag zingen ook.

Steeds beter weet ze hoe ze wil zijn en met wie ze wil omgaan, terwijl ze vroeger, tja, eigenlijk gewoon maar wat dééd.

Ze is blij dat ze beter nadenkt bij wat ze doet, zegt, drinkt en aantrekt. Maar ze wil Marjan niet voor het hoofd stoten door daar te veel nadruk op te leggen.

'Wanneer zijn die opnames ook alweer precies?'

'Zaterdag.'

'Dan al?'

'Vandaag kreeg ik het script met de post.' Eindelijk kan Tanja weer lachen. 'Spannend, he?' Ze staat op. 'Dit moet ik zeggen...'

Ze gaat midden in de kamer staan, boven op de lage tafel. Ze kijkt Marjan aan, houdt haar armen licht gebogen en vraagt dan: 'Sorry dat ik even stoor, maar weet u misschien waar het toilet is?'

Marjan begint te kuchen. Zo hard dat de rook uit haar mond als een donker wolkje voor haar gezicht blijft hangen. Het duurt daarom even voordat Tanja de enorme *smile* ziet die Marjan op haar gezicht heeft.

'Wat?!' lacht ze nu zelf ook.

'Haha, kuch kuch, wát zei je!'

Opnieuw gaat Tanja stevig staan. Haar mondhoeken zijn nu gekruld. Ze zegt: 'Sorry dat ik even stoor, maar weet u misschien waar het toilet is, haha?'

'De pléé?!'

'Dat is echt mijn tekst, haha, grappig hè?' Tanja springt van de tafel en ploft naast Marjan. 'Maar eerlijk is eerlijk...' Ze steekt haar vinger in de lucht. 'Weet je aan wie ik dit vraag? Ik vraag het aan Joyce én aan Wendy.'

'Niet!' Marjan zet grote ogen op. 'Is jouw stukje met hen? Die zijn vet cool!'

'Precies!'

Joyce en Wendy spelen studentes die niet weten dat ze eigenlijk een tweeling zijn. Ze zijn niet identiek, dus ze kunnen het nergens aan zien. Bij hun geboorte zijn ze van elkaar gescheiden, en al weken vraagt iedereen zich gespannen af wanneer ze zullen ontdekken dat ze zusjes zijn.

Stralend van plezier zit Tanja op de bank. 'In mijn stukje krijgen ze een eerste flashback van hun scheiding toen ze baby waren. Als baby zijn ze namelijk op de wc's van een luchthaven nog verschoond voordat ze door twee verschillende mensen werden meegenomen – is het niet bizar?'

'Dus zo gaat dat...' Marjan wrijft over haar kin. In diepe bewondering kijkt ze Tanja aan, voordat ze haar bij de schouders pakt en haastig zegt: 'Je moet het vijf keer laten mislukken, hoor je me, dan mag je lekker lang naast ze blijven staan.'

Marjan praat zo snel dat Tanja ervan met haar ogen knippert.

'Maar niet vaker dan vijf keer, want dan word je vervangen, echt waar, dat gebeurt gemakkelijk in een soap.'

'Jammer dat je niet mee kunt komen.'

'Ja man, shit.'

'Je was een goede coach geweest,' grapt Tanja.

Marjan knikt en rookt.

Wat grappig, haha!

Maandag fietst Tanja meteen na gym met Louisa mee naar huis. Ze gaan niet kijken bij de repetities van het toneelstuk, want vandaag willen ze officieel vergaderen over de kleding, die Tanja moet verzorgen.

Maar meteen als ze binnenkomen, zet Louisa haar computer aan.

'Ik heb een verrassing,' glimlacht ze. 'Sandro heeft een account voor je aangemaakt.' Trots laat Louisa nu een stilte vallen.

'Een wat?' Tanja vraagt het een beetje onbenullig.

'Een account. Omdat jij thuis geen computer hebt.' Opnieuw lacht ze trots. 'Had ik aan 'm gevraagd.'

'O. Bedankt,' zegt Tanja. 'We hebben thuis wel een computer, hoor.'

'Een oude zonder modem of printer, ja. Je zit er nooit achter, toch?'

Als de computer is opgestart, pakt Louisa haar muis en dan glijdt het pijltje over het bureaublad.

'Kijk, als je hier dubbelklikt, dan opent-ie chatnet. En dan hier...' Louisa laat het pijltje over verschillende plaatjes gaan en klikt dan op het kikkertje. 'Hier staat jóúw chatnet-adressenboek. Vind je dat niet leuk?'

Tanja kijkt naar de computer. Ze voelt zich een beetje vreemd, weet niet goed wat ze met zichzelf aan moet. Ze schuift wat op Louisa's stoel en bijt op haar lip. Ze wordt overvallen door een enorm gevoel van verdriet en blijheid tegelijk.

Louisa heeft dit natuurlijk gedaan omdat Tanja zoiets zelf niet kan krijgen. Tanja voelt nu dubbel goed hoe jammer het is dat zij geen snelle computer tot haar beschikking heeft. Tegelijkertijd is dit, wat Louisa heeft gedaan, zo... *aardig.*

'Dankjewel,' stamelt Tanja.

Kan ze dat maken? Zomaar achter Louisa's computer schuiven om met anderen te kletsen? Louisa zegt: 'Jij mag het nu wel proberen, dan leg ik de kleren klaar zoals ik denk dat ze leuk zijn voor het schooltoneel.'

'O. Oké.' Ze vouwt haar hand om de muis, voorzichtig alsof het om een diamant gaat. 'Daar ga ik dan.'

'Mmm.' Louisa kiept de enorme boodschappentas vol tweedehands kleding om.

'Euh...' Opnieuw schuift Tanja op haar stoel. 'Ik denk eigenlijk dat niemand van mijn vrienden chatnet heeft.'

Niemand die zij uit Wijk Noord kent, heeft het ooit over internet. Iedereen kletst 's avonds buiten op het pleintje, of vrijdags bij CafetaRia. Wie kent ze nou die na het eten achter de computer gaat zitten? Mike deed dat niet, Marjan niet. En volgens Tanja hebben ook Betsy, Wendy en Marisha niet bepaald een computer-hobby.

De pleegmoeder van Goos is dichteres, zij moet een computer hebben. Toch heeft ook Goos er nooit over gesproken. Zelfs Steef de teef praat nooit over chatten. De jongens bij CafetaRia hebben het wel eens over pornosites, natuurlijk. Het betekent dat iemand van hen een computer met modem heeft. Maar wie? Tanja heeft geen idee.

'Geeft niks.' Louisa sorteert de berg kleding. 'Ik heb mijn bestand gebruikt voor jouw adressenboek. Je kunt met bijna iedereen uit de klas chatnetten. En zij met jou, want ik heb je overal aangemeld.'

'O,' zegt Tanja alweer. 'Bedankt.'

Voorzichtig klikt ze op een naam. Linda Wilfers. Haar zou Tanja kunnen schrijven, zij is redelijk ongevaarlijk, maar wat? Ja, ze kan vragen of ze een computer heeft – Tanja glimlacht om zichzelf; wat een stomme vraag, natúúrlijk heeft ze ergens een computer als ze in het adressenbestand staat, haha!

Ze klikt op Linda's naam en tikt haar eerste berichtje:

```
Hoi Linda. Hoessie? Ik ben nieuw op chatnet,
want Louisa heeft mij een account gegeven op
haar computer. Lief hè?
```

'En nu?' vraagt Tanja.

'Nog iemand schrijven.'

Tanja bekijkt de namenlijst en ziet tot haar verrassing dat Lars er ook tussen staat. Dat is leuk, ze wil hem best een berichtje sturen. Ze heeft tenslotte wekenlang verkering met hem gehad. Toen Tanja het uitmaakte, hebben ze afgesproken dat ze vrienden zouden blijven, maar eerlijk gezegd vindt Tanja dat lastig. Wat moet ze nou zeggen als ze hem tegenkomt?

Bovendien heeft ze een keer gezien dat die zus van haar probeerde hem te versieren. Sindsdien is ze toch wel bang dat Steef lelijke dingen heeft gezegd over haar, of erger, dat Steef van Lars verkeerde dingen heeft gehoord over haar.

Wat een afgang zou het zijn als Lars haar ging afzeiken waar anderen bij zijn. Niet dat ze verwacht dat hij zoiets zou doen, maar je kunt het nooit zeker weten. Toen ze het uitmaakte, was hij vol begrip, maar wie zegt dat hij later die dag niet alsnog boos is geworden?

```
Hoi Lars, hier een bericht van Tanja. Ik ben
nieuw op chatnet, dankzij Louisa. Leuk hè? Nu
kan ik je bedanken omdat je me pasgeleden van
die griezel hebt gered, in het fietsenhok bij
jou op school. Dat vinnik nog steeds lief van
je. Groetjes!
```

Tink! hoort Tanja dan.

Meteen gooit Louisa alle verkleedkleren op de grond. 'Je hebt een bericht terug!' roept ze. En ze laat zien: 'Kijk, de mensen die jij schrijft, komen in het balkje hieronder te staan. En als je een bericht terug hebt, wordt de naam rood. Linda heeft meteen geschreven, zij zit nu ook achter de computer. Tof hè?'

Gloeiend van trots klikt Tanja op Linda's naam.

```
Hoi Tanja, klopt ut dat jij meedoet in Het
recht op geluk? Douwe zegt het...
```

Gauw typt Tanja een bericht terug:

```
Zaterdag zijn de opnames. Ik mag een zin zeg-
gen tegen Joyce en Wendy!!!
```

Nu duurt het even voor ze opnieuw 'tink!' horen.

'Het is wéér Linda!' juicht Louisa, die over Tanja's schouders hangt om alles te kunnen zien.

Tanja krijgt een blos op haar wangen. Shit man, dat chatnet is megaleuk!

```
K benur zaterdag óók, als figurant. Gaaf! Wou
dat k ook iets mocht zeggen...
```

Nog voordat Tanja kan terugschrijven, klinkt opnieuw het lieflijke: 'Tink!'

'Yes!' roepen Tanja en Louisa tegelijk. Het is Lars. Die zit óók achter de computer.

'Lars schrijft altijd in de mediatheek van school,' zegt Louisa.

Lieve Tan, jouw griezel heeft me nog een beuk gegeven op school. Interesseert me niks, hij moet met z'n poten van je afblijven!

Tanja schrijft terug:

Ik vergeef je dat je met mijn zus stond te zoenen. Iedereen heeft recht op een vergissing.

En terwijl ze het verstuurt, horen ze: 'Tink!'

'Wie is het, Linda?'

Verrast kijkt Tanja naar de balk onder aan het scherm. 'Lau=Lauw' staat er. Ze opent het bericht en ziet:

Tanja Kastanja! Heb you gemist bij Habbema, wil you mijn geweldige imitatie van Slob niet zien? Zzzzijn jullie sssamen mooie sssstoffen aan het kiezzzzen voor onssss sssstuk?'

Tanja kan niet helpen dat ze begint te lachen. 'Die Laurens, haha, hihi.' Maar het wordt steeds erger, ze kan niet meer stoppen.

'Die Laurensss,' zegt ze, 'wat een grapjassss.'

Het is de verbazing dat hij haar schrijft, en dan nog wel

zo'n leuk bericht. Ze kan niet helpen dat ze bubbels in haar buik voelt, en armen en hoofd…

'Wat grappig, haha!'

Het duurt niet lang voordat ze in een deuk ligt. En Louisa trouwens ook.

Shit man, dat chatnet, daar word je supermelig van!

Lekker, leuk, lief en Floris

Het lijkt wel alsof de hele wereld zit te chatnetten. Op hun computers kunnen anderen zien dat Tanja on line is, en Tanja weet nu ook hoe ze kan zien wie aanwezig is op chatnet.

Binnen de kortste keren is het een ge-'tink' van jewelste in Louisa's kamer. Ze zitten er maar met zijn tweetjes, maar dat chatten is zo gezellig dat ze voor hun gevoel met zeker vijftien anderen een feestje vieren!

Op deze manier kletst Tanja zelfs supergemakkelijk met mensen die ze minder goed kent, zoals Floris. Hij schrijft:

Hé Tanja. Hoessie? Ken je me nog van de audities? Aardig van Loewietje dat ze voor jou een account heeft gemaakt, vin je niet? Zie je zaterdag. Neem je Loewie mee?

'O mijn god,' zegt Louisa dan. 'Hij wil dat ik ook kom.'

Tanja kijkt haar aan. 'Dus jij gaat gewoon mee, ja toch?' Ze glimlacht. 'Kunnen jullie samen zoenen terwijl ik mijn geweldige opnames doe.'

'Néé!' Louisa ziet er werkelijk geschrokken uit. 'Ik kan toch niet mee? Wat moet ik doen als ik hem zie? Shit!'

'Hij noemt je Loewie.' Tanja zucht even romantisch.

'Heeft Sandro aan hem overgebriefd, de etterbak.'

'Ik vind het lief.'

'Ik ga niet mee, hoor. Wat moet ik doen, wat moet ik aan?'

Tanja haalt haar schouders op. 'Niks.' Ze lacht. 'Volgens mij is hij al hartstikke verliefd op je.'

'Maar… dat heb ik nog nooit gedaan.'

'Wat niet?'

'Alles niet. Gewoon. Verkering met een jongen. Práten met hem of…' Ze slaat haar ogen neer voordat ze fluistert: 'Zoenen.'

Tanja heeft haar vingers nog steeds op het toetsenbord, maar ze schrijft niet, reageert ook niet op de geluidjes als er een bericht binnenkomt.

'Heb je nog nooit gezoend?' vraagt ze.

Louisa schudt haar hoofd. Ze probeert haar gezicht achter haar haren te verbergen.

'Vind je dat erg?' vraagt Tanja.

Louisa knikt. Ze zucht.

'Maar dat is toch heel… normaal?'

'Hoe bedoel je?' Louisa schraapt haar keel.

'Het is heel normaal als je op je twaalfde nog niet hebt gezoend.'

Nu kijkt Louisa weer op. 'Jij anders wel.'

'Maar ik ben een slet.' Tanja glimlacht. 'Heb je zelf van je goede vriendin Animal – eh, Angela gehoord.'

'Maar de anderen, weet je dat?'

'Volgens mij heeft de halve klas nog niet gezoend.'

'Denk je dat?'

'Iedereen doet wel stoer.' Tanja haalt haar schouders op. 'Maar ik betwijfel of ze hebben gezoend. Echt zoenen bedoel ik. Tongen.'

'Jaja, hihi, dat snapte ik wel, hoor.'

Nu krullen Tanja's lippen. 'Zal ik het je leren?'

'Hihi, misschien.'

'Kom dan maar eens even hier, wijffie.'

'Argh!' gilt Louisa. Gauw pakt ze een kussen van haar bed om Tanja af te weren.

Tanja lacht. Dit is precies hoe Marjan háár altijd te grazen neemt. Eindelijk heeft ze nu zelf ook een slachtoffer gevonden!

'Laat mij je eens lekker kussen,' lacht Tanja.

Louisa gilt het uit: 'Ga weg, engerd!'

Doordat Louisa haar kussen vastklemt, en naar de hoek van haar bed schuift, is haar T-shirt hoog opgestroopt.

'Geeft niks,' zegt Tanja, 'dan geef ik je wel de kieteldood!'

'Iiieeehh!'

Samen zitten Tanja en Louisa naast elkaar op de grond voor Louisa's bed. Ze hebben de computer uitgezet. Tanja heeft haar agenda uit haar tas gepakt en achterin een frommelig papier gevonden, de

LIJST VOOR LEKKERE LEUKE LIEVE VRIENDJES (3xL)

Deze lijst hebben Tanja en Louisa samen met Marjan opgesteld. Toen ze bijna allemaal verdrietig waren om iets wat met jongens te maken had.

Eén keer heeft Tanja stiekem Laurens langs de lijst gelegd. Hij scoorde best hoog, maar dat probeert Tanja toch een beetje te vergeten.

Laurens is een kakker, echt enorm. Precies het type studiebol waaraan iedereen in Wijk Noord een hekel heeft. Zo'n jongen die goed kan leren, een vader die een hoge functie heeft, een moeder die creatief werk doet, altijd leuke kleren aan, coole haren... Omdat ze aanvoelt dat ze bijna weer in de lach schiet om zijn grappige bericht op

30

chatnet, drukt Tanja snel de gedachte aan hem weg.

'Oké,' zegt ze. 'We gaan testen hoe hoog Floris scoort op onze lijst. Tip één: Heeft hij aandacht voor je? Nou, dat lijkt me duidelijk.'

Louisa knikt tevreden.

Hij schrijft elke dag en dringt erop aan dat ze meekomt naar de opnames. Ja, aandacht heeft hij genoeg.

'Dan gaan we verder,' knikt Tanja. 'Even zien... wil hij wat jij ook wilt? Nou, jullie willen allebei tongzoenen, alleen weet jíj dat nog niet, haha!'

Louisa geeft Tanja een elleboogstoot.

'Is hij sexy? Lijkt me wel,' zegt Tanja.

'Ja.' Louisa zegt het verlegen. Wat heeft die het zwaar te pakken, zeg!

Tanja herkent haar vriendin bijna niet meer. Van haar doortastendheid is ineens niks meer over. Tanja zegt er niets van, ze vindt het eigenlijk wel lief dat Louisa zo verlegen kan zijn.

'En dan... Het volgende punt.' Tanja steekt haar vinger op. 'Kan hij goed zoenen, nou, daar komen wij zo snel mogelijk achter, is de bedoeling.'

Louisa slaat haar handen voor haar gezicht en begint te giechelen.

Intussen gaat Tanja vrolijk verder: 'Moet je om hem lachen, ja. Ben je vaak boos op hem, nee. En dan het volgende punt: vraagt hij of jij ook wilt snacken of drinken?' Tanja kijkt Louisa aan.

Die zit alleen maar schaapachtig terug te kijken. Haar wangen glimmen, haar ogen glinsteren.

'Ik weet het niet,' zegt Louisa dan eindelijk.

Tanja heft haar armen op als ze roept: 'Natuurlijk wel! Hij vraagt of jij óók naar de opnames komt, dat is toch ongeveer hetzelfde?'

'O.' Louisa bijt op haar lip. 'Oké.'

'Oei, nu wordt het moeilijk...' zegt Tanja. 'Hier staat dat hij niet mag aandringen als jij iets niet wilt. Maar hij dringt er nu toch op aan dat je komt, terwijl jij zegt dat je—'

'Maar ik wil wél graag!' onderbreekt Louisa haar nu. 'Mooi.' Tanja knikt. 'Leuk dat je zaterdag meegaat.'

Louisa lacht een brede, zenuwachtige lach. 'Ik moet wel, want hij woont in Vinkenvlag, dat is wel een uur rijden vanaf hier. Als ik nu niet ga, zal ik hem nóóit zien.'

'Inderdaad,' zegt Tanja en ze denkt: dit is precies hoe Marjan zich moet voelen als ze met mij iets doet wat nieuw voor mij is. Zoals zeggen hoe je moet zoenen, of een beha kopen...

'Dat hij stoer is weten we al en of hij voor je zorgt, zal zaterdag blijken. Volgens mij scoort deze jongen een tien, Loewie.'

'Begin jij nu óók al met die naam?' giechelt Louisa.

Ze is niet stom

Vandaag is het zover. De Dag der Dagen. Het gaat nu gebeuren.

Pa kan Tanja niet naar de opnames brengen, want ze hebben geen auto. Aan Louisa's vader durfde Tanja het niet te vragen, want hij heeft hen al gebracht toen ze auditie moesten doen.

Daarom was Tanja dubbel blij toen Sandro donderdag na school vroeg: 'Gaan jullie eigenlijk met de auto of de trein?'

'De trein!' Tanja zei het zo blij, het leek wel op juichen – wat een goed idee!

Helaas vond Louisa's moeder dat Louisa daar echt te jong voor was, maar toen hielp Sandro haar voor de tweede keer uit de brand door voor te stellen dat híj anders ook wel mee zou gaan.

Tanja wilde al knikken, maar Louisa riep keihard: 'Néé!'

'Goh, waarom niet Loewie?' Sandro vroeg het expres gemeen. 'Het lijkt wel alsof ik iets, of *iemand* niet mag zien.'

'Doe niet zo stom!' siste Louisa.

Die Sandro, wat een pestkop, haha! Gelukkig wist Louisa's vader een oplossing. 'Vraag jij anders die vriend van je mee, Lars. Dan kan Louisa met Tanja in de studio blijven, en ga jij met Lars iets anders doen tot ze klaar zijn.'

'O, oké,' knikte Sandro. 'Goed plan.'

'Heel goed, papa.'

'Ik vind het ook leuk,' zei Tanja.

Zie je wel, op deze manier zou ze ook weer gewoon vrienden kunnen worden met Lars. Ze wil het hem niet kwalijk nemen dat hij die ene keer met Steef heeft gezoend, tenslotte wil hij ook graag vrienden zijn.

Dat was tenminste wat ze in gedachten had. Maar nu ze met zijn vieren uitgelaten in de trein richting Aalsmeer zitten, zegt Lars ineens totaal, compleet, extreem onverwacht: 'Vind je het niet erg meer, van mij en Stefanie?'

Tanja's mond valt open, en niet een beetje, nee, haar kaak ligt zowat op haar schoot! Het is dat ze van de zenuwen nauwelijks kon eten, anders was haar ontbijt er zo weer uitgerold.

'Bedoel je…'

'O, sorry. Shit.' Hij wrijft door zijn haar. 'Ik dacht dat Steef en jij intussen wel hadden gepraat.'

'Praten? Praten?' spuugt ze strijdlustig. 'Ze praat nooit met mij!'

'Praat jij nooit met je zus?' vraagt Louisa.

Zelfs Sandro kijkt bedenkelijk. Hij stoot Louisa aan. 'Zullen wij dat ook instellen?'

Louisa geeft hem een schop. Tanja slaat haar ogen neer. Shit. Ze voelt zich betrapt, maar waarom?

Tanja praat al jaren niet meer normaal met haar zus. Omdat die stom is, natuurlijk. En waarom is ze stom? Tanja weet het niet. Niet meer. Onzichtbaar voor de anderen haalt ze haar schouders op. Dat is gewoon zo gegroeid…

'Sorry dat ik niet heb gevraagd wat jij ervan vond als ik je zus vaker zou zien,' zegt Lars.

Louisa en Sandro beginnen tegelijk hun nagels te controleren. De stilte is pijnlijk voelbaar.

Shit, dit is écht shit.

Waarom heeft Steef het niet aan Tanja gevraagd? Die trut had het minstens moeten zeggen als ze verkering wilde met de ex van Tanja. Ja toch? Ja, die domme, debiele, stomme, lelijke…

Maar ja, denkt ze dan, Steef denkt natuurlijk hetzelfde; Tanja praat ook nooit meer met háár…

De laatste tijd is Steef wel veranderd. Ze hield Tanja op de hoogte toen Marjan ineens overdreven ging lijnen. En tegenwoordig maakt ze Tanja soms 's ochtends wakker als ze zich weer eens verslaapt.

Tanja lette daar verder niet op. Ze vond al die tijd alleen dat Steef nu niet moest denken dat ze haar ineens wél aardig zou vinden…

'Het geeft niet.' Tanja's stem is schor.

'Ik had het moeten zeggen.'

'Het geeft niet, echt niet.' Wat moet ze hier nou mee, wat zouden anderen doen? Ze kent verder niemand die een échte ex heeft. Ja, Marike schijnt gedumpt te zijn, maar die heeft geen oudere zus. Tanja haalt diep adem.

'Steef is echt niet stom, echt niet,' zegt Lars.

'Wacht even,' zegt Sandro nu. 'Bedoel je te zeggen dat je verkering hebt met een meisje dat níét stom is?'

Lars en Louisa beginnen opgelucht te lachen.

'Ik doe het helemaal verkeerd.' Sandro steekt zijn handen in de lucht. 'Masha is namelijk ongelooflijk stom, ik dacht dat dat de bedoeling was!'

Zelfs Tanja moet nu lachen. 'Ja, ik vond jou tenslotte óók stom!' Ze stoot Lars in zijn zij.

Zo, denkt Tanja gemeen, daar kan-ie het mooi mee doen.

'Maar nu gaan we opnames doen voor *Het recht op geluk*, oké?' zegt Louisa. 'Tanja moet zich concentreren, dan speelt ze Joyce en Wendy straks helemaal weg.'

'Precies!' zeggen ze tegelijk. Opgelucht beginnen ze door elkaar heen te praten.

Daar zit Daphne – argh!

Nu ze zo dicht bij de televisiestudio's zijn, willen Lars en Sandro natuurlijk het liefst mee naar binnen. Maar Louisa is onverbiddelijk. Ze moeten weg. Dat hebben ze beloofd. Hun moeder heeft ook gezegd dat ze niet mochten blijven als Louisa dat niet wil.

'Alleen maar omdat je vriendje daar zit!' roept Sandro geïrriteerd.

'Laat maar, joh,' zegt Lars. Hij pakt Sandro bij zijn schouder.

Tanja bemoeit zich er niet mee. Wat haar betreft mogen de jongens wel mee, al snapt ze ook dat Louisa haar broer niet bij haar eerste echte afspraakje wil hebben.

Ze zwaaien naar Lars en Sandro, en lopen naar de slagboom. Daar moeten ze langs en daarna moeten ze zich bij een kantoortje melden – net als bij de audities.

'Zenuwachtig?' vraagt Louisa.

Tanja knikt. Ze heeft intussen niet alleen maar het *gevoel* dat ze moet plassen, maar ook het idee dat ze het al in haar broek heeft *gedaan*. Glimlachend denkt ze: sorry dat ik even stoor, maar weet u misschien waar het toilet is?

Als ze zucht, hoor je aan de trilling in haar adem precies hoe zenuwachtig ze is.

'Ik ben ook nerveus,' zegt Louisa.

Er rijden verschillende auto's langs. Soms zien ze andere

kinderen die met hun ouders naar de opnames zijn gekomen, en soms herkent Tanja een gezicht van de audities.

'Wat is het stil,' zegt Louisa.

Tanja knikt. Het is zaterdag, de meeste mensen hoeven
niet te werken. Alleen iedereen die aan *Het recht op geluk*
meewerkt, komt naar de studio's. Misschien zijn er ook
wat opnames voor andere programma's.

Louisa knijpt in Tanja's hand. 'Shit, kijk daar.'

Op de trap voor de ingang zit hij. Floris. In een witte
skatebroek en een oranje vest. Hij staat op en zwaait.

Als ze terugzwaait, zegt Louisa 'hoi' tegen hem, maar
dat kan alleen Tanja horen.

'Luister,' zegt Tanja terwijl ze op hem af lopen. 'Je moet
met je tong om zijn tong draaien. Als je jouw tong te ver
uitsteekt, moet-ie kotsen. Maar je moet je tong ook niet
binnenhouden, want dan steekt hij zíjn tong verder uit en
moet jíj kotsen. Zo heeft heeft Marjan het mij geleerd en
nu leer ik het jou.'

Louisa reageert niet. Ze staart alleen maar naar Floris.
En hij naar haar. Zoals hij daar staat te wachten. Met zijn
glimmende ogen in dat knappe gezicht.

'Als je tong te hard is, voelt hij aan als een aangespoeld
stuk hout. Maar als hij te zacht is, lijkt hij een weke mos-
sel.'

Tanja glimlacht. Ook zij kijkt naar Floris, die daar alsmaar terug staat te glimlachen. Wat is het toch heerlijk om
verliefd te zijn. Zelf zou ze ook best weer eens...

Even, in een flits van een seconde, komt het gezicht van
Laurens op haar netvlies. Als hij lacht, krijgt hij zo'n grappig kuiltje in zijn wang. Maar Tanja schudt haar hoofd – ze
is niet op Laurens, heus niet, ze kent hem amper!

'Hoi,' zegt Floris.

'Hoi.' Louisa steekt onhandig haar hand op.

Floris drukt een kus op haar wang en zegt Tanja gedag. Hij pakt Louisa's hand – ze schrikt zichtbaar. 'Ga je mee naar binnen?'

Louisa knikt schaapachtig.

Zozo, denkt Tanja, die Floris weet van aanpakken! Ze hebben elkaar één keer gezien en verder alleen maar gechat. Maar een zoen op haar wang heeft Louisa al te pakken, je kan wel merken dat Floris eerder vriendinnetjes heeft gehad.

Geheel terecht dat Louisa verlegen wordt, als je het Tanja vraagt. Als ze niet al zo zenuwachtig was geweest, had ze vast óók weke knieën gekregen, hij doet zo charmant!

Hand in hand lopen Louisa en Floris voor Tanja uit.

'Hier zijn de wachtkamers,' zegt Floris. 'Wil je iets uit de koffieautomaat?'

Louisa knikt.

'Thee, alsjeblieft,' antwoordt Tanja.

In zichzelf grinnikt ze om Louisa, die nog steeds geen normaal woord uit haar keel krijgt.

'Jullie hoeven niet met mij te wachten, hoor, ik blijf net zo lief alleen hier,' zegt Tanja.

'Echt waar?' vraagt Louisa dan.

'Tuurlijk.' Tanja geeft haar een por. 'Bij de audities zat ik óók in m'n eentje, en kijk eens hoe goed dat heeft uitgepakt!'

Louisa lacht net iets hoger dan Tanja van haar gewend is.

'We hoeven pas over anderhalf uur,' zegt Floris en hij haalt zijn schouders op.

'Ga!' Tanja gebaart met haar hand.

'Zeker weten?' vraagt Louisa.

'Toe nou maar!'

'We gaan,' beslist Floris terwijl hij opnieuw Louisa's hand pakt – wat vindt Tanja dat toch een lief gebaar! 'Hier is een kopje thee.'

'Dankjewel.' Tanja blaast erin en kijkt haar vriendin na. Dan draait ze zich om en ziet dat ze wordt aangestaard door... Daphne Zelichman, het populairste meisje van de klas, maar wat nog erger is: de vriendin van Olivier – argh!

Even lijkt het alsof het theebekertje uit haar vingers glijdt, maar dat is wonder boven wonder niet het geval. Tanja kan niet meer denken, of nee, het is eerder zo dat ze juist te véél denkt. En al die gedachten botsen tegen elkaar op.

Dit is wat er door haar hoofd spookt: Shitzieikhetgoed, jahetisechtDaphne, dieontwijkikaldeheletijd, helpkaniknunogweglopen? WaaromwaaromwaaromhebiktochmetOliviergekust, ikvindhemnieteensleuk! WatzouDaphnetochin hemzien, kanikdataanhaarvragen, needatmagjenooitvragen!

Zouzeboosopmezijnomdatikhaarvriendjehebgezoend? Ikmoetmijnexcusesaanbieden, biedjeexcusesaan, engauweenbeetje!

Tanja hapt naar adem. Haar hart klopt alsof ze een kerk-klok in haar borst heeft die enorme klanken voortbrengt.

Hopelijkzittenwenietsamenindezelfdescène, hetzoueenrampzijnalsweindezelfdescènezaten, zouzijookietsmogenzeggen?

Zijmagnatuurlijkietstofzeggen, misschienvraagtiemandhaarwelverkering, zijisookveelmooierdanik.

Terwijlikalleenmaarmagvragenwaardepleeis...

Het wordt tijd dat er iets gebeurt. Tanja vergeet adem te halen, wat nu leidt tot zuurstoftekort in haar hoofd. Bijna zal ze flauwvallen. Het is maar net op tijd dat iemand zegt: 'Hé, Tanja.'

Met een ruk draait ze haar hoofd om. Een golfje hete thee gutst over haar hand. Hoewel Tanja zich nog als een aangeschoten konijntje voelt, springen haar lippen in de krul en roept ze: 'Hoi Linda!'

Van Linda Wilfers heeft Tanja weinig te vrezen. Ze is de ex-vriendin van Douwe. Hoewel Tanja niet veel contact met Douwe heeft, is ze een keer bij hem thuis geweest en dat schept toch een band.

Aan het begin van het schooljaar is Linda vreselijk gepest door Olivier. Dat betekent dat ze nooit de allerbeste vriendinnen kan zijn met Daphne.

Tanja kan gerust zijn. Ze wordt hier, in de wachtkamer, waarschijnlijk nog niet aan stukken gereten door een jaloerse, bedrogen Daphne. In gedachten veegt Tanja zweetdruppels van haar voorhoofd. Dat wachten voor de opnames, samen met andere figuranten, dat lijkt wel een soap!

Excuus op de speelvloer

Met zijn drieën zitten Tanja, Daphne en Linda op een rij. Zouden ze hen expres voor dezelfde scène hebben gevraagd, of is het toeval? Er zijn wel meer kinderen uit Zuideroog die mogen meedoen – al zijn het er niet veel – maar die hebben kennelijk op een andere dag opnames. De mensen die hier nu zijn komen duidelijk niet uit de buurt.

Tegenover hen wachten twee vriendinnen van een jaar of vijftien. Ze zitten constant te roddelen over mensen die Tanja niet kent. Soms doen ze iemand na en krijgen ze met z'n tweetjes de slappe lach. Linda en Tanja hebben hun wenkbrauwen al een paar keer gefronst; wat een kippen!

Er is ook een meisje met haar moeder gekomen. Ze lezen allebei een tijdschrift; het meisje de *Tina* en haar moeder de *Flair*. Ze lijken niet erg zenuwachtig. Tanja vraagt zich af: zou dit nou zo'n kind zijn dat van jongs af aan acteert en dan op haar twintigste beroemd wordt? Het zou haar niks verbazen…

Iemand, ze moet minstens achttien zijn, heeft een disc-man op en beweegt mee met de muziek terwijl ze steeds dikkere lagen mascara aanbrengt.

Soms komen er mannen in zwarte spijkerbroek en T-shirt koffie uit de automaat halen. Dan lachen ze en zeggen: 'Jullie zijn bijna aan de beurt, hoor.'

Kennelijk zijn dat medewerkers, cameramannen of geluidsmensen of zo.

Floris zit waarschijnlijk niet in dezelfde scène als Tanja, want hij is nog steeds niet terug. Tanja glimlacht als ze aan Louisa denkt – wat zou die nu doen?

Zo zit ze een beetje met haar lege bekertje te spelen als Linda vraagt: 'Ben je zenuwachtig?'

Tanja knikt. 'Best wel.'

'Ik ook, ik moet de hele tijd plassen!'

Tanja glimlacht: 'Sorry dat ik even stoor, maar weet u misschien waar het toilet is?'

'Dat is eerst de gang in, en dan de tweede deur aan je linkerhand.'

Tanja draait zich om, naar de man die haar de weg wijst. Hij haalt zilverkleurige zakken uit de automaat en doet er volle pakken in terug. Hij zet extra plastic bekertjes neer.

'Dank u,' zegt ze, 'maar dat was mijn zin voor de opnames.'

'O.' Glimlachend haalt de man zijn schouders op. Uit zijn borstzak puilt een pakje shag. 'Ze bedenken ook altijd wat.'

'Heb jij tekst?' vraagt Daphne dan.

Tanja knikt. 'Weet u misschien waar het toilet is?'

'Shit zeg, ik heb geen tekst. Linda, heb jij tekst?'

Linda schudt haar hoofd.

'Wij zijn figuranten,' zegt Daphne. 'Wij moeten er alleen maar zijn.'

Linda knikt. 'Stilstaan en mooi wezen.'

'Daar heb je het al,' zegt Tanja vergoelijkend. 'Ik was niet mooi genoeg om alleen maar stil te staan.'

'Shit zeg,' herhaalt Daphne. 'Ben je niet zenuwachtig? Ik zou als de dood zijn dat ik alles verknal.'

Tanja haalt haar schouders op. 'Mijn vriendin Marjan

zegt dat ik het vijf keer verkeerd moet doen.' Ze lacht. 'Om er zo lang mogelijk van te genieten.'

Linda en Daphne glimlachen met Tanja mee.

Langer dan gebruikelijk kijkt Tanja nu Daphne aan. Zal ze het zeggen? Dat het haar spijt van Olivier? Maar wat als Daphne dan alsnog woest wordt of, erger, in janken uitbarst? Nee, besluit Tanja, ze kan maar beter wachten, in ieder geval tot ná de opnames. Aan de andere kant, zo'n goede gelegenheid krijgt ze misschien nooit meer...

Gelukkig heeft ze niet lang om te twijfelen, want de deur gaat open. De opnameleider kijkt op zijn papieren en vraagt: 'Wil iedereen voor scène zes met mij meekomen?'

De meiden kijken elkaar veelbetekenend aan en staan op. Iedereen in de wachtkamer komt overeind en loopt mee. Ze gaan door de gang waar ook het toilet is. Aan de rechterkant opent de opnameleider een deur en dan krijgt Tanja pas goed de kriebels.

Hier liggen meteen al kabels. Dikke, zwarte, échte televisiekabels.

'Pas op dat je niet valt,' zegt de man. 'We lopen een beetje achter op schema, dus we gaan direct beginnen. Er loopt een visagiste rond, die komt langs om te poederen en je make-up bij te werken, oké?'

In de verte hoort Tanja geluiden; vage echo's van verschillende stemmen, maar ook geschuif met stoelen en nu en dan plotseling gelach.

'Is dit jullie eerste keer?' vraagt de opnameleider.

Tanja knikt. Ze moet zo snel lopen, en ziet zoveel nieuwe dingen, dat ze niet erg spraakzaam is.

'Wacht even, ik doe ook mee!' roept dan iemand.

De meiden kijken om, de opnameleider ook. Tanja glimlacht. Het zijn Floris en Louisa.

'Hé!' roept Tanja.

'Hé,' antwoordt Louisa veelbetekenend.

Tanja kijkt haar diep in de ogen. 'Heb je…?'

'Mmm.'

Shit, Tanja wil haar tot in detail uithoren, maar dat kan nu echt niet.

'Later.' Louisa straalt harder dan de megafelle televisielampen.

Als ze eenmaal bij de speelvloer zijn aangekomen, kan Tanja wel huilen van geluk. Hier is het tropische café van Kaatje, dat zit op de begane grond van Sjakies weglophuis. Er ligt stro op de grond en daarop staan… Joyce en Wendy. Ze zijn het echt!

Ze steken hun hand op naar de figuranten. 'Hallo.'

Je kunt wel zien dat ze gewend zijn om zenuwachtige mensen te begroeten. Ze lijken zich totaal niet ongemakkelijk te voelen bij alle blikken van bewondering.

Shit, wat voelt Tanja zich klein. Een onbenullig, suf kind! Ze krijgt geen woord meer uit haar keel, zelfs haar glimlach mislukt totaal.

'Hallo,' groet Louisa – nogal logisch dat zij vriendelijk kan zijn, zíj hoeft niks te doen!

Linda mag aan de bar staan, naast Joyce en Wendy. Floris krijgt een plekje aan de flipperkast. En Daphne moet met Tanja op de bank zitten. Nerveus neemt Tanja plaats. En ze is niet alleen zenuwachtig omdat ze straks overeind moet zien te komen – en een beetje charmant, alsjeblieft. En ook niet speciaal omdat ze naar Joyce en Wendy moet lopen om eindelijk te vragen: 'Sorry dat ik even stoor…'

Nee, ze wordt helemaal iebelig van die plaats op de bank. Die plaats naast Daphne. De bedrieger naast de bedrogene. De dader naast het slachtoffer. Maar dat weten die mensen van de soap natuurlijk niet. Of zouden ze het onbewust aan hen kunnen zien? Straalt Tanja uit dat zij de 'slechte' is, en kan je aan Daphne misschien zien dat ze de 'goede' is?

Met een schok bedenkt Tanja: straks kan je het op televisie óók zien!

Ze wil graag in de soap, dolgraag zelfs, maar dan het liefst als het leuke meisje. En het knappe meisje, dat ook. Niet als de bitch die zoent met het vriendje van iemand anders!

Tanja schuifelt met haar voeten door het stro.

'Daphne…' fluistert ze. 'Het spijt me van toen, met Olivier. Ik weet niet wat me bezielde, ik–'

'Ja! En hier komt dan de zin van mevrouw Tanja de Vries, waar zit die!'

Geschrokken kijkt Tanja op. Ze ziet de regisseur staan die herhaalt: 'Wie van jullie is Tanja de Vries?'

'Ik, euh, ik.' Ze wiebelt onhandig met haar vingers boven haar hoofd.

'Ah.' De man maakt een aantekening in zijn papieren. 'Mag ik je vragen om op te letten? De opnames zijn al duur genoeg als we níét alles over hoeven te doen.'

Tanja is zo rood aangelopen en zo klein geworden van schaamte, het lijkt haast of het een kaboutervrouwtje is dat driftig zit te knikken op de bank.

Daphne giechelt en fluistert: 'Sta jij even voor lul.'

'Nou zeg.' Tanja reageert geprikkeld. 'Ik bood mijn excuses aan, hoor.' Die Daphne, wat denkt ze wel!

'Kijk nou maar uit dat ik je straks niet laat struikelen,' sist Daphne.

Tanja kan het niet geloven. Die Daphne, wat een trut, die is helemaal niet zielig!

Ze fluistert naar Daphne: 'Wees jij nou maar blij als je nog in beeld komt, zo naast mij.'

46

'Denk je soms dat jíj op de camera knapper zal zijn dan ík?'

'Als je het niet erg vindt, let ik nu even op.' Tanja probeert het zo arrogant mogelijk te zeggen. 'Ik heb namelijk een zin.'

En dan staat ze op om naar Joyce en Wendy te lopen. Ze wil nu eindelijk wel eens weten waar dat toilet is.

Steef... geen teef?

Aan het avondeten vertelt ze thuis honderduit over haar dag. Hoe ze uiteindelijk haar zin nog drie keer moest zeggen. Elke keer moest ze van de regisseur de nadruk op een ander woord leggen. Met een brok aardappel in haar wang speelt Tanja het na:

'Sorry dat ik even stoor, maar weet ú misschien waar het toilet is?'

Ma kijkt met glinsterogen naar haar dochter.

'Sorry dat ik even stóór, maar weet u misschien waar het toilet is?'

Zelfs Steef zit aandachtig naar haar te luisteren. Nog steeds heeft ze haar geflirt met Lars niet eerlijk aan Tanja opgebiecht, terwijl ze toch weet dat Tanja de hele treinreis met Lars heeft afgelegd.

'Sorry dat ik even stoor, maar weet u misschien waar het toilét is?'

Steef lacht en voegt toe: 'De plee, ik moet naar de plee!'

'Ja, haha,' lacht Tanja terug. 'Dát had ik moeten zeggen.' Ze pakt een briefje uit haar zak. 'En ik heb vijftig euro gekregen. Vijftig! Omdat ik dankzij die zin geen echte figurant meer was, maar ineens officieel een bijrol had.'

'Wauw,' zegt Steef.

Ook ma gebaart dat het veel is en zelfs pa trekt goedkeurend zijn wenkbrauwen op.

48

'Ga ik kleren mee kopen voor mijn verjaardag,' zegt Tanja, en ze pakt een papier waar de handtekeningen op staan van Joyce en Wendy, maar ook van Sander en Maxim.

'Kijk eens?' zegt ze trots.

Zelfs Karima kwam toevallig even langs op de set, dus die heeft Tanja natuurlijk ook meteen om een handtekening gevraagd. Op de andere kant staan de krabbels van Floris en Linda, en ook Daphne deed uiteindelijk mee. 'Voor als ik later beroemd ben,' zeiden ze de hele tijd melig tegen elkaar.

Het was echt een superleuke dag. Nadat ze haar zin had gezegd, moest ze natuurlijk van de set af lopen om naar dat toilet te gaan. Daar heeft ze naast Sander en Maxim gewacht tot de opnames van scène zes klaar waren. Gloeiend van geluk stond ze er te bedenken dat ze dit nóóit mocht vergeten!

De anderen, ook Daphne, kwamen later bij haar staan en Tanja riep uitgelaten maar toch vals: 'Ik dacht dat jij mij zou laten struikelen?!'

Daphne fluisterde: 'Het is al goed. Ik accepteer je excuses.'

Van verbazing zei Tanja niks meer terug.

De rest van de dag was Daphne vriendelijk; ze leek het echt helemaal vergeten. Dat was vreemd, maar toch prettig, vond Tanja.

Binnenkort, al over anderhalve maand, wordt 'hun' aflevering uitgezonden. Eerst schrok Tanja toen ze de datum hoorde, want dan zijn ze precies op schoolkamp. Maar Louisa haalde doodleuk haar schouders op en zei dat ze heus wel een oplossing zouden bedenken om het te kunnen zien.

Louisa heeft bijna de hele dag zitten zoenen met Floris,

af en toe wist Tanja gewoon niet waar ze moest kijken. Daarom was het dubbel leuk dat Linda en Daphne er ook waren. Met hen heeft ze stiekem om de verliefde Louisa kunnen lachen.

Sandro en Lars hadden een uur op de meiden moeten wachten, omdat de opnames waren uitgelopen. Die tijd hadden ze gebruikt om bloemen te plukken langs de kant van de weg. Het was een mooie bos geworden, ahum, vol paardebloemen en grassprieten.

'Voor de beroemde actrice en haar prachtige styliste,' zeiden ze toen ze hun bloemen overhandigden.

Louisa en Tanja maakten een diepe buiging, namen de bosjes aan en bliezen daarna de paardebloemen leeg in de richting van de jongens.

Die renden keihard weg en de meiden gingen lachend achter hen aan. Het was een geweldige dag, echt perfect.

Tanja voelde zich bovendien de hele tijd bloedmooi, want ze mocht de make-up laten zitten die de visagiste had aangebracht. En iemand had haar haren opgestoken, net als een prinses.

'Je haar zit leuk,' merkt Steef op bij het avondeten. 'Als je wilt, kan ik het ook wel eens zo voor je doen.'

Tanja kijkt haar zus aan. Veel langer dan nodig is. Ze laat haar mond niet openhangen, maar het scheelt weinig. Ze zegt niks.

Steef ook niet. Die kijkt alleen maar terug. Zonder uitdrukking. Alsof het niet volslagen nieuw is dat ze zomaar iets *aardigs* zegt, voor de verandering.

'Kan ik wel, hoor,' zegt ze dan, vlak voordat ze een stuk karbonade in haar mond steekt.

Ma knikt. 'Ze heb mijn haren ook gedaan.' Tevreden legt ze haar platte handen onder haar korte krullen.

Stefanie glimlacht lief naar haar moeder. En zegt tegen

50

Tanja: 'Ik zit al aan het eind van de derde, hoor, volgend jaar ben ik klaar, ik kan het heus wel.'

Verrek, beseft Tanja, dat is waar ook...

Op het vmbo mag je uit verschillende richtingen kiezen welke je leuk vindt om te doen. Tanja herinnert zich dat Marjan moest kiezen of ze de verzorging in wilde, of bijvoorbeeld de horeca.

Toen hebben ze zich nog een breuk gelachen om de lessen koken. Marjan had haar inschrijfformulier voor zich liggen en zei droog: 'Hoezo moet ik leren koken, ik kan toch allang de frituurpan aan- en uitzetten?' Haha!

Tegenwoordig zal ze daar wel anders over denken. Als je het Tanja vraagt, is ze een halve gezondheidsfreak aan het worden sinds ze zichzelf te dik vond.

Het vmbo is echt een superleuke school. Als Tanja erheen had gemogen, zou ze waarschijnlijk hebben gekozen voor de kappersrichting, net als Steef. Maar alleen als Marjan dat ook had gedaan, natuurlijk, anders niet, want zo dacht ze in groep acht nog.

'Ik zal erover nadenken,' zegt ze tegen Steef. Ze haalt haar schouders op. 'Misschien is het leuk voor mijn verjaardag.'

'O ja.' Ma knikt. 'Mag ik de slingers nog ophangen, of wil je dat niet meer nu je dertien wordt?'

Tanja kijkt naar het tafelkleed als ze antwoordt: 'Ik weet nog niet wat ik precies zal doen.'

'O?' Ma trekt haar wenkbrauwen op.

'Ik ben nog iets aan het, euh, bedenken.'

'O?' doet ma opnieuw.

Maar Tanja hoort het alsof ze zegt: Sinds wanneer beslis jij zélf hoe de verjaardag verloopt?

Ze wordt er zenuwachtig van. Wat moet ze doen? Ze kan moeilijk zomaar zeggen dat ze zich schaamt om haar slimme, welgestelde klasgenoten bij haar thuis uit te nodigen. Maar ze kan onmogelijk haar verjaardag vieren zoals ze dat normaal bij haar thuis doen. Shit, ze zit echt in het nauw.

Pa lacht en begint te zingen: 'Meisjes van dertien…'

'Pa, genoeg,' zeggen Tanja en Steef tegelijk.

Verbaasd kijkt Tanja haar zus weer aan. Wat is dit, waarom komt Steef voor haar op? Zelf lijkt Steef helemaal niet te vinden dat ze raar doet. Hoe kan dat? vraagt Tanja zich af. Ze deed altijd zo debiel. Wat is er aan de hand met Steef de teef?

Een lauwe prins

Het is pas halverwege de ochtend, eigenlijk nacht nog, als Tanja wordt gewekt met een kusje op haar neus. 'Wakker worden, je bent jarig vandaag.'

Tanja opent haar ogen – er zit gelukkig geen slaap in – en ziet hem staan, Laurens Biesterveld. Op haar kamertje. Hij knikt en glimlacht zijn tanden bloot.

'Jij bent jarig en ik ben jouw prins.'

Tanja lacht. Ze krijgt een kus op haar mond. Ze kust hem terug.

'Ga je mee?' Hij pakt Tanja's hand en slaat de dekens van haar af. Gelukkig draagt ze 's nachts een gewone onderbroek met een lief hemdje, en geen oversized T-shirt met slobberbroek. Nu kan ze zonder schaamrood de sexy prinsessenjurk aanpakken die Laurens haar geeft.

Ze laat hem zwierig over haar armen vallen, over haar hoofd en haar lijf...

Tanja draait zich nog eens lekker om.

Buiten, op het grindpad langs de voordeur, staat een paard.

'Vet,' zegt Tanja.

Laurens knikt: 'Echt lauw.'

Ze giechelt.

Hij knipoogt naar haar en helpt haar op het paard.

Zo rijden ze in de ochtendschemer.

'Waar ga we naartoe?' vraagt Tanja.

Laurens geeft een kus in haar hals. 'Zul je wel zien.'

Hij stuurt het paard naar rechts, naar het stuk ringweg van de Burgemeester Lievegoedsingel. Ze gaan naar het strand.

'We gaan niet naar het strand,' zegt Laurens – kan hij Tanja's gedachten lezen? Bij de Vissersplaatdijk laat hij zijn paard halt houden en helpt hij Tanja afstijgen.

Hier, aan weerskanten van de dijk, is het bosgebied van Zuideroog. Laurens maakt het paard vast aan een boom en pakt Tanja bij de hand.

Samen lopen ze, luisterend naar het gefluit van de vroege vogeltjes, tot ze bij een open plaats aankomen. Er staat een enorme picknickmand op een glinsterend mooi kleed. Tientallen cadeautjes liggen verspreid over het kleed en langs de mand. Honderden kaarsjes branden in de vorm van een hart.

Ze kust hem en hij zegt: 'Gefeliciteerd.' Ze aait door zijn haren, wrijft langs zijn armen. Hij drukt haar stevig tegen zich aan, laat zijn handen op haar billen rusten.

Tanja's vingers glippen onder zijn ridderlijke shirt. Ze kriebelt over zijn rug, voelt over zijn buik.

Laurens trekt haar jurk omhoog en zij tilt haar armen op. Met een zwier belandt de jurk in een boom en Laurens voelt aan Tanja's borsten. Ze laat haar hoofd achterover vallen. Laat zich kussen in haar hals, haar nek, op haar borsten – en dan schrikt ze wakker.

Met bonkend hart zit Tanja rechtop in bed. Ze legt haar handen om haar borsten. Shit, ze heeft nog steeds het gevoel dat Laurens haar daar kust. Allemachtig, wat een droom…

'Laurens,' fluistert ze in het donker. Ze giechelt. Dit is

net als toen met Sandro, toen droomde ze ook zonder het zelf te beseffen. Misschien wordt het tijd, bedenkt ze, om toe te geven dat ze verliefd is. Op Laurens. De kakker. Lauwe Lau.

Nee, dat kan toch niet?

'Ohoo,' fluistert ze lacherig. Ze pakt de dekens stevig vast en gaat eronder liggen. Haar lichaam geniet nog na van de droom.

'Laurens,' fluistert ze, en voelt een tinteling in haar buik.

Chips & dips

Met een zak chips uit de kelderkast stapt Tanja zondagochtend door de coniferen naar Marjan. Die ligt languit op de bank naar de nieuwe cd van Rineke de Groot te luisteren.

Het gaat goed met Marjan, gelukkig. Ze is nog in therapie en houdt zich veel met gezond eten bezig, maar ze eet tenminste wel weer redelijk normaal.

Tanja glimlacht om de muziek die Marjan draait; toen ze net in klas 1d zat, heeft ze het nummer *Als je mij kiest* van Rineke de Groot nog gezongen op het Openingsfeest, samen met Louisa.

Als je mij kiest
Blijf bij mij
(snik)
Als je mij kiest
Ben ik pas blij

Wat hebben ze toen gelachen. Na die avond werd Tanja gevraagd om bij de schoolband te komen, dus ze heeft goede herinneringen aan Rineke. De schoolverlaters mogen na de examens altijd het laatste schoolfeest verzorgen, dus helaas staat er voor Rainfish geen optreden meer gepland dit jaar. Maar dat is niet zo erg, want ze had al haar aandacht nodig voor het spelen in de soap!

Shit, beseft Tanja, toen ze in de brugklas begon, was ze echt héél anders dan nu! Ze luisterde naar Nederlandstalige smartlappen, droeg lelijke, vale kleren, viel voor brommerjongens die vreemdgingen...

Gelukkig trekt Marjan zich niks van Tanja's veranderingen aan en schalt Rinekes gekweel door de ruimte.

'Tadaa!' roept Tanja als ze de deur opengooit.

'Hé lekker wijf!' Marjan zwaait, maar blijft languit liggen.

'Kijk eens wat een lekkere lunch ik bij me heb?'

'Laat me raden: chips.'

Beteuterd laat Tanja haar schouders zakken. 'Hoe weet je dat?'

'Kan niet missen.' Nu komt Marjan overeind en zegt: 'Jij moet minder snacken, Tan, anders word je ook moddervet.'

'Pardon?' Tanja moet lachen om de serieuze manier waarop Marjan het het woord 'moddervet' uitspreekt. Als er iemand slank is, is het Tanja wel.

Marjan pakt de zak uit Tanja's handen en legt die in de kast. 'Jij eet vier keer per week een zak chips.'

Tanja haalt haar schouders op.

'Vier keer, een héle zak!' Marjan drukt een sjekkie uit. 'En elke vrijdag eet je frikadellen bij Ria.'

'Mmm,' doet Tanja.

'En dan eten jullie ook nog elke week thuis patat.'

'Op zondag, vanavond, yes!'

Marjan glimlacht en laat zich weer achterovervallen op de bank. 'Ach, wat maakt het ook eigenlijk uit. Je weet waar de zak ligt, pak 'm maar.'

Nee nee, Tanja wil nu wel weten waarom zíj niet meer mag snacken als Marján anorexia heeft.

'Zó dik was je niet geworden, hoor,' zegt Tanja.

'Acht kilo te zwaar.'

'Maar ik ben helemáál niet dik, ik kom gewoon niet

aan.' Tanja plukt aan de huid boven haar riem om te laten zien dat ze geeneens een rolletje kan pakken. Ze draait een rondje in de kamer.

'Toch slibben je aderen dicht,' zegt Marjan, 'en je hart wordt hard als vastgekoekt vet.'

'Getver.'

'Echt waar, hoor.'

'Marjan,' Tanja schudt lachend haar hoofd, 'je vergeet dat jij *elke* avond snacks at; pizza of magnetron-chinees of patat. 's Ochtends nam jij niks en 's middags een emmer curry bij de tosti.'

'Ja, erg was ik.'

'Maar je moet niet vergeten dat mijn moeder elke avond aardappelen kookt, met vlees en groenten – blergh. En ik fiets een roteind naar school, terwijl jij om de hoek gaat. Maar als ik jou ermee geruststel, zal ik wat minder chips eten. Het is toch niet gezellig in je eentje.'

'Precies,' beaamt Marjan. 'En ik zal er minder over zeuren, oké? Maar de diëtiste heeft gezegd dat ik ieder jaar vier kilo zou aankomen als ik zo was doorgegaan. Vier, dat is bijna een hele kledingmaat!'

'Zo.'

'Laten we de chips bewaren voor jouw verjaardag.'

'Oké.'

'Met dips erbij, die wil ik. Want als ik eindelijk eens mag snacken, zal ik helemaal losgaan ook! Komt iedereen gewoon weer?'

Tanja haalt nu haar schouders op. 'Ik weet het niet.' Ze kijkt Marjan aan en herhaalt: 'Ik weet het gewoon helemaal niet.'

Marjan trekt haar wenkbrauwen op. 'Wat valt er nou niet te weten?'

Tanja zucht. 'Ik kan toch onmogelijk nog... de Aldi-chips van ma serveren?'

'Vindt mevroi dat soms niet geud geneug?'

Tanja schiet in de lach: 'Sinds wanneer praten wij kak?'

'Ik preut zoals het misschien beuter bij joi past, kand.' Marjan gooit haar pink in de lucht en trekt een pruillip. 'Ik stal veur dat we kavieur serveren.'

'Kaviáár, haha!'

'Met misschien wat eusters?'

'Oesters, getver!'

'Of wil u misschien leuver–'

'Oké, oké, dus jij vindt dat chips wel kan?'

'Kan? Het moet! Met dips, mmm.'

'Ik ga vlak erna op schoolkamp, en als de anderen mijn feestje stom vinde–'

'O ja, laten we dan een walmende knoflooksaus bij de chips zetten, haha.'

'Hihi.' Eindelijk begint Tanja in te zien dat ze zich misschien te veel zorgen maakt.

'Zal ik een heurlijke eiersalade veur je maken? Met rauwe ui erin en mayonaise die slechts een weekje of wat over tijd is?'

'Oké,' knikt Tanja. Maar dan laat ze toch haar schouders weer hangen. 'Mar, ik weet al niet eens wie ik moet uitnodigen.'

'Gewoon, ons allemaal. Wendy, Marisha, Betsy, Achmed, Goos en ik komen natuurlijk, en Bert, Mario, Fatima, iedereen.'

Tanja wil zeggen dat ze twijfelt of ze haar oude vrienden wel moet uitnodigen. Ze wil liever geen mensen die misschien ruzie met haar klasgenoten zullen maken. Haar vrienden uit Wijk Noord hebben nogal een rottige mening over de scholieren van het Rhijnvis. En als het maar even kan, zullen ze die laten horen ook. Tanja is als de dood dat haar feestje straks totaal mislukt. Daarom vraagt ze zich soms af of het misschien beter zou zijn als niet iedereen uit de buurt zou komen.

Marjan laat zich niet van haar stuk brengen. 'Wij komen al jaren bij jou, dus nu ook. Zo vaak hebben wij geen leuke feestjes. Laat anders die kakvriendjes van je maar thuisblijven.'

Tanja voelt hoe het bloed uit haar wangen trekt. In gedachten ziet ze het voor zich: Louisa met Marjan, dat gaat wel goed, gelukkig. Maar hoe reageert Louisa als Mario een van zijn stomme, seksistische opmerkingen maakt?

Reken maar dat-ie een scherpe reactie terug kan verwachten. Maar voor Mario is het altijd een nederlaag om van een meisje te verliezen. Dat is altijd zo geweest. Belachelijk, maar het is niet anders. Dan zal hij haar zeker uitdagen. Wedden dat het op ruzie met Louisa uitloopt?

Als de anderen zich ermee bemoeien, komen haar klasgenoten zeker voor Louisa op en o, dat wordt natuurlijk vechten. Haar verjaardag wordt een ramp!

Het campingfeest

Later die dag fietst Tanja naar Louisa. Ze heeft geen jas aan, want het is al een zomerse dag. Zo, in de zon, is het niet erg om het takkeneind naar school af te leggen. 's Ochtends fluiten de vogels gezellig en 's middags kan ze zonder jas ontspannen de terugweg doen. Geen regen of tegenwind, perfect.

Een paar maanden geleden maakten Tanja en Louisa vaak samen huiswerk op zondagmiddag, maar tegenwoordig gaat Tanja vooral voor de gezelligheid naar Louisa.

'Je moet me helpen,' zegt ze zodra Louisa de deur opendoet.

'Jij mij ook,' zegt Louisa als ze Tanja naar binnen trekt. 'Floris wil langskomen, maar hij woont zo ver weg dat hij dan wil blijven slapen. Help!'

Tanja loopt achter Louisa aan de trap op. 'Wauw, wil hij bij jou thuis komen?'

'Hij maakt de hele tijd opmerkingen over hoe hij in mijn armen wil liggen, maar mijn moeder weet nog niet eens dat ik verkering heb!'

'Wauw, hebben jullie officieel verkering?'

'Hij woont in Vinkenvlag, dat is veel te ver!' Ze zucht. 'Hoe moet ik dit nou voor elkaar krijgen?'

'Je kunt eens advies aan Douwe vragen, die is toch nog steeds met dat meisje uit Friesland?'

'Weet ik veel, jíj moet me helpen.'

'Kan hij niet eerst gewoon een middag komen?'

'Het is te ver reizen voor een dag.'

Tanja schudt haar hoofd. Nee, dat is inderdaad niks. 'Ik heb een probleem met mijn verjaardag,' zegt ze. 'Op zich heb ik zin om iets leuks te doen, maar ik kom er toch niet goed uit.'

'Hoezo niet?'

'Er zijn twee dingen.' Tanja steekt twee vingers omhoog. 'Ten eerste de mensen. Iedereen uit Wijk Noord komt, of ik ze nou uitnodig of niet. Maar sommigen zijn echt asociaal, dat wordt vast knokken.'

'En het tweede probleem?'

'Is dat mijn moeder altijd Aldi-chips koopt, en de goedkoopste cola die er bestaat. Als ik mensen uit de klas vraag, wat moeten die wel van mij denken!'

'Pfft, dat noem ik geen problemen, hoor.' Louisa wuift met haar hand om aan te geven hoe simpel zij een oplossing voor zich ziet.

Tanja trekt haar wenkbrauwen op.

'Je maakt gewoon een asofeest, simpel zat.' Louisa hoort een 'ting' op haar computer en kijkt naar het scherm. 'Als je iets vervelend vindt, moet je het juist brengen alsof het iets heel bijzonders is. Snap je?'

Tanja knikt braaf. Niet dat ze er iets van begrijpt…

Louisa haalt haar schouders op. Ze tikt even een antwoord aan iemand en zegt: 'Als je een gat in je trui hebt en je probeert het te verbergen, zal iedereen ernaar gaan kijken. Dan kun je beter het gat wat groter knippen, of desnoods nóg twee gaten erbij maken, dan lijkt het alsof het de bedoeling was. Zelfs als mensen het niet mooi vinden, zullen ze je toch niet uitlachen. Want dat doen ze alleen als je echt een fout maakt.'

'Bedoel je dat ik moet doen alsof ik gráág een asociale pummel als Mario op mijn verjaardag heb?'

'Je moet in ieder geval doen alsof het niet is misgegaan. Noem jouw feest een asofeest, dan denken de jongens uit onze klas dat die Mario juist goed in z'n rol zit.'

Tanja lacht opgelucht Shit, die Louisa, wat een goed idee!

'Ik doe het!' roept Tanja. 'Maar ik noem het geen aso-feest, want dan beledig ik Marjan. Ik noem het, euh, een campingfeest. Want daar zitten mensen ook vaak asociaal te doen, toch?'

'Precies.' Louisa kijkt weer op haar scherm. 'Floris vindt het ook leuk.'

'Heb je ons gesprek al naar Floris geschreven terwijl we aan het praten waren?'

'Mmm,' knikt Louisa. 'En hier is een berichtje van Laurens voor jou.'

Nieuwsgierig leunt Tanja over Louisa heen. Die Laurens, als hij eens wist wat ze over hem heeft gedroomd...

Tanja Kastanja, ik ken heel goet aaso sijn. Mag ik dan kome? Zal me lauw en koel gedragen, chickie. Lau=Lauw

Tanja glimlacht als ze hem terugschrijft. Aardig zal ze tegen hem zijn, besluit ze, en rustig afwachten wat er gebeurt. Bij Sandro heeft ze te snel gedacht dat haar verliefdheid wederzijds was, terwijl hij haar toen alleen maar aardig vond. Zo'n fout zal ze niet nog eens maken...

Hé Lau. Sou fijn sijn als je komp naar mijn campingfeessie. (Neem je trainingspak mee.) Zie je morgen bij Gerrie Getverderrie! Tanja Kastanja

In gedachten ziet ze Laurens binnenkomen op haar feestje. *Hij draagt regenlaarzen en heeft zelfs een hengel in zijn hand – hij doet of hij hem uitgooit.*

'Wie hangt er aan mijn haakje?' Hij glimlacht. 'Dat is wel een hele grote vis, ik zal je even losmaken.'

Zijn armen legt hij stevig om Tanja heen, zijn neus raakt haast de hare. 'Het zit in je haar vast, voorzichtig.'

Hij kijkt haar diep in haar ogen als hij zegt: 'Dat is geen haakje, wat zit er nu toch in je haren?' En hij tovert een klein pakje achter haar oren vandaan. Het is een hangertje in de vorm van een hartje.

Als ze hem drie zoenen wil geven, komen die per ongeluk op zijn mond terecht. 'Sorry,' zegt ze de eerste keer nog, maar dan realiseert ze zich dat hij expres zo doet. Omdat hij haar nog steeds omhelst, kan hij haar makkelijk naar de gang leiden, waar hij–

'Joehoe, ben je daar!' Louisa zwaait met haar hand voor Tanja's gezicht.

'Sorry, ja!' roept Tanja, geschrokken. 'Wat is er?'

'Nu moeten we nog een oplossing vinden voor míjn probleem.'

'O,' zegt Tanja. En ze imiteert Louisa als ze zegt: 'Dat is toch simpel? Ik zie niet wat het probleem is.'

'Wat dan, hoezo?'

Tanja lacht als ze zegt: 'Ik geef een campingfeest, dat is perfect! Jij zegt tegen je moeder dat je bij mij slaapt en schrijft Floris dat-ie een tent moet meenemen. Kunnen jullie gezellig bij mij in de tuin!' Ze houdt haar hand in de lucht en Louisa geeft er enthousiast een pets tegenaan.

'Dat is een superplan, geweldig!' Ze twijfelt even en zegt dan: 'Maar jij moet ook bij ons komen, hoor, ik ga niet in m'n eentje met hem in de tent.'

'Prima,' lacht Tanja. 'Zeg maar dat hij een vierpersoonstent meebrengt, kan Laurens er meteen ook bij, haha!'

Met grote ogen kijkt Louisa nu naar Tanja. Haar mond is blijven staan in een verbaasde, maar lacherige grijns.

Tanja's mond staat in een grote, geschrokken 'o', maar dat kun je nauwelijks zien omdat ze haar handen ervoor heeft geslagen. Zo, met een verschrikt gezicht, zegt ze: 'Shit, zei ik dat hardop?'

'Ja,' lacht Louisa. 'Hihi, je zei het hardop, jij bent verliefd op Laurens. Is het echt waar? Ja, het moet wel waar zijn. Maar ik heb er niks van gemerkt.'

Ze springt op en omhelst haar vriendin. 'Nu zijn we allebei verliefd, wat leuk!'

Ook Tanja zit te lachen, al is het met een knalrood hoofd. 'Wat erg!' gilt ze.

'Helemaal niet.' Louisa kijkt haar glunderend aan. 'Ik ben blij dat ik het weet, laten we proberen hém ook op goede ideeën te brengen!'

Tanja weet niet of ze nu instemmend zal knikken, Louisa moet vragen er niks over te zeggen, of misschien gewoon bang moet worden nu Louisa het weet. Ze zit altijd zo lekker met iedereen te chatten – wat gaat ze met deze informatie doen?

Klieren, kussen, zwijgen...

De volgende week botst Tanja zowat tegen Daphne en Olivier op als ze de fietsenkelder van de school in rijdt.

'Hoi!' roept ze enthousiast, maar dan schrikt ze van haar eigen geluid. Het was bij de opnames dan wel heel gezellig geworden, maar wie zegt dat Daphne meteen gewoon met haar zal omgaan op school?

Voor de zekerheid kijkt Tanja niet naar Olivier, maar alleen naar Daphne.

'Hoi!' roept Daphne terug. Zelfs Olivier hoort ze zachtjes 'hoi' zeggen.

Dat valt Tanja mee. Toch blijft ze wat langer dan normaal over haar slot gebogen staan, zodat ze niet met zijn drietjes naar de klas hoeven te lopen. Dat zou me wat zijn, als Olivier samen met Daphne en Tanja door de gangen liep. Mensen zouden niet weten wat ze zagen, haha! Vooral Marike niet, de klikspaan die meteen naar Daphne rende om te vertellen van die ene zoen die ze zo per ongeluk aan elkaar gaven.

Het schooljaar is bijna voorbij. Straks alleen nog de proefwerkweek en het toneelstuk, dan gaan ze al op kamp. Tanja denkt aan Olivier en de enorme hekel die ze aan hem had toen het jaar net begon. Oei, wat vond ze hem een klier en – eerlijk is eerlijk – ze pestte hem zo hard mogelijk terug. Daarna kwam de zoen in het bubbelbad en sindsdien… hebben ze niks meer tegen elkaar gezegd. Klieren, zoenen en zwijgen, bedenkt Tanja tevreden. Zo is de omgang met Olivier verlopen. Wie weet komen ze straks nog uit bij beleefde gesprekjes. Zo loopt ze, in gedachten, naar Engels.

'Hij komt,' sist Louisa zodra ze naast Tanja neerploft. Ze gooit haar tas op tafel en zoekt haar agenda, schrift en boeken. 'Ik heb 'm gisteren meteen het plan verteld en hij vond het super. Hij heeft tegen zijn ouders gezegd dat hij bij een clubje van de opnames gaat logeren en ze vinden het goed!'

'Te gek,' knikt Tanja.

'Dat campingplan van mij is superleuk, als ik zo onbescheiden mag zijn.' Louisa hapt naar adem en Tanja besluit dat ze het niet nodig vindt om haar erop te wijzen dat dat van de camping uiteindelijk háár idee was. 'Ik heb meteen mijn chatvriendjes ervan verteld. Hopelijk vind je dat niet erg?'

Tanja trekt een wenkbrauw op. Wat bedoelt Louisa, dat *zij* nu mensen uitnodigt voor *Tanja's* verjaardag?

In de eerste pauze werkt Tanja bij Maria in de kantine. Omdat ze het nu al best lang doet, hoeft ze er minder bij na te denken. Ze helpt iedereen snel en vriendelijk – al zegt ze het zelf.

Maar vandaag komt niet iedereen alleen maar iets bestellen bij haar. Zo staat Maaike van de band bijvoorbeeld ineens voor haar neus.

'Wat een leuk idee, zo'n campingfeest,' zegt ze. 'Ik kom, hoor, en ik neem iedereen van Rainfish mee!'

'Top!' Tanja lacht haar tanden bloot. Misschien, denkt ze, kunnen ze samen nog een nummer spelen, maar dan zou ze eerst aan Arthur moeten vragen of ze de versterkers mee kunnen nemen.

Ja, denkt ze terwijl ze voor iemand een rol pepermunt pakt, wat een goed plan; ik ga proberen of we met Rainfish kunnen optreden! Dat kan best, in de tuin of zelfs in de woonkamer. Het enige wat ze nodig hebben is stroom voor de microfoons en versterkers. Maar zelfs als dat er niet is, kunnen ze akoestische nummers doen. Romantisch!

Daar staan Merel, Nikki en Saleena. Zij komen regelmatig iets kopen, meestal koffie met een gevulde koek of zo. Maar dit keer zeggen ze: 'Leuk, dat campingfeest. Wij zijn al aan het bedenken wat we gaan aantrekken, hoor!'

Tanja lacht terwijl ze het wisselgeld geeft. Niemand ziet het aan haar, maar vanbinnen breekt het zweet haar uit van al die enthousiaste mensen.

Terwijl ze dropjes, koeken, koffie, thee en limonade verkoopt, komt steeds luider de vraag in haar gedachten op of ze misschien niet toch wat zal moeten stelen.

Eén keertje maar.

Alleen maar wat leuke schaaltjes, of slingers en ballonnen. Glitters en een mooi kaarsje voor op de wc. Iedereen lijkt te verwachten dat het campingfeest ontzettend leuk zal worden – terwijl nog niemand ooit haar huis heeft gezien. Als er zoveel mensen komen, zoveel Rhijnvis-mensen ook, dan moet ze het er misschien toch nog maar eens op wagen. Wie zegt dat ze gepakt wordt, het is Louisa en de tweedejaars nog nooit gebeurd. Waarom zou het Tanja twéé keer overkomen?

Haar hart bonkt
in haar keel

In deze winkel, Kek, is Tanja nog nooit geweest. Ze is er wel eens langsgelopen met Louisa, en die vertelde toen nog dat ze hier altijd van die leuke dingen hebben. Tanja durft niet in het centrum van Zuideroog te gaan stelen, want stel je voor dat wéér iemand haar betrapt...

Pfft, nu ze alleen uit stelen is gegaan, bonkt haar hart in haar keel. Het liefst zou ze omdraaien en snel wegfietsen, maar dat kan niet, ze heeft écht wat dingen nodig voor haar feest, anders schaamt ze zich straks dood.

Ze is in een van de stille straatjes achter het centrum van Zuideroog. Hier zijn een meubelwinkel, een bruidswinkel en een 'design-store', zoals het heet. Hier heb je superhippe tafellampen en gekke dingen als een enorme poef, of glittergieters voor de planten. Maar er staan ook stellingkasten met kleinere dingen: schaaltjes, prikkertjes, kaarsen, onderzetters...

Tanja kijkt haar ogen uit. Shit, wat ziet het er allemaal vet uit, en kolere, wat is het duur. Een stapeltje plastic bekers met leuke glitters en hartjes erop kost al zes euro. Zes! Hoeveel zijn het er? Tanja laat haar duim langs de stapel gaan... en opnieuw is ze geschokt: het zíjn er ook maar zes. Dat is een euro per stuk! Als je dan dertig van die dingen moet hebben... Zachtjes schudt ze haar hoofd en bedenkt dat ze steeds beter begrijpt waarom haar moeder dan liever zo'n enorme stapel van die lelijke witte ribbelbekers koopt voor amper een euro. Ze vraagt zich af waarom Louisa's moeder er kennelijk wél zoveel geld voor neerlegt – zo rijk zijn ze nou ook weer niet, of toch?

Hoe ging het ook alweer, stelen? Tanja herinnert zich nog dat ze moest doen alsof ze ergens anders naar keek – zoals nu ze kijkt naar de prachtige vazen die boven op de kast staan. En dan, hop, de prikkertjes in je tas laten glijden.

Tanja slikt, maar haar keel is zo droog dat die haast in een soort slikkramp blijft hangen.

Ze struint langs de kasten, zo ontspannen mogelijk. Ergens hoopt ze dat ze gauw iets zal zien wat maar weinig kost; een slinger van drie euro of zo. Dan kan ze die pakken en opzichtig in haar handen houden, zodat iedereen aan haar ziet: zij gaat dat kopen.

Alle spullen in deze winkel zijn zo nieuw voor haar dat ze vrijwel geen enkele verpakking herkent. Het duurt zeker twee minuten voordat Tanja begrijpt dat er in het ritselpakketje voor haar geen ballonnen zitten, maar – ze kan het bijna niet geloven – opblaasbare schalen. Die bestaan, wauw!

Je hebt ze in allerlei kleuren: blauw, geel, groen, oranje en lila. Tanja's blik wordt gretig, haar wangen worden rood: deze zijn *perfect!* Niet alleen passen ze gemakkelijk in haar tas, maar ze zijn ook ideaal voor een campingfeest. Bovendien hoeft ze dan niet bang te zijn dat er iets kapotgaat als er onverhoopt een gevecht uitbreekt.

Tanja pakt een groene, die vindt ze het mooist. En een lila, en ook nog een blauwe. Maar het duurt niet lang voor ze besluit dat ze álle kleuren wel wil en ze laat, hopla, een hele verzameling in haar tas glijden terwijl ze opnieuw geïnteresseerd naar de vazen boven op de kast kijkt. Zie je wel, denkt ze tevreden, er is inderdaad niks aan. Een makkie!

Op haar gemak bekijkt ze de rest van de koopwaar. Eindelijk ziet ze de slingers liggen die ze zal kopen. In de vorm van vliegende vogels, en eentje bestaat uit glitterdraden die omlaag hangen. Ze kosten drieënhalve euro per stuk, maar Tanja is natuurlijk niet van plan er meer dan één te betalen, ha!

Als ze ballonnen ziet in de vorm van landmijnen, besluit ze dat ze die ook op haar feestje wil, om het stoerheidsgehalte wat te verhogen. Ze kosten twee euro, vooruit dan maar, die zal ze ook betalen.

Met rode konen van opwinding gaat ze naar de kassa, maar als ze iemand in uniform ziet aankomen, staat plotseling haar hart stil…

Waar komt die vandaan, ze heeft alleen gecheckt waar de spiegels hingen! Shit, die kerel was er nog niet toen ze binnenkwam, toch?

Geschrokken kijkt ze om zich heen.

Zou hij gezien hebben dat ze stal? Zij heeft hém zeker niet gezien, want ze keek te vurig naar de vazen toen haar handen in haar tas gingen. Shit, fok, kolere, shit, shit, shit!

Ze doet haar best zo nonchalant mogelijk te kijken. Ze probeert te glimlachen, niet te veel, want dan ziet-ie hoe haar spieren eigenlijk trillen.

Waar gaat hij naartoe, gaat hij bij de uitgang staan? Nee toch? Krijgt ze nu zweetdruppels op haar voorhoofd? Tanja weet het niet. Ze durft ook niet te voelen, want dat ziet er verdacht uit. Denkt ze.

'Deze doen?' vraagt een hip meisje dat vanuit de winkel naar de kassa is gelopen.

'Ja,' zegt Tanja. Haar stem klinkt schor, alsof ze de hele nacht heeft gezopen en gerookt.

'Dat is dan vijf euro vijftig.'

'Alsjeblieft,' zegt Tanja met de stem van een bejaarde. Zal ze alsnog álles op de toonbank leggen? Nee, dat kan niet, want ze heeft verdorie niet genoeg geld.

Die bewaker staat nog steeds bij de uitgang. Hoe lang blijft hij daar nog staan – hoe lang moet hij, *mag* hij daar staan?

In geen geval gaat Tanja nu de deur uit. Wat moet ze doen, alles terugleggen?

'Ik kijk nog even rond,' laat Tanja het meisje achter de kassa weten.

'Is goed, hoor,' zegt zij. Wat is dit, een hinderlaag? Een valstrik, een complot? Hoeveel mensen in deze winkel hebben eigenlijk gezien dat zij spulletjes aan het *lenen* was? Hoeveel mensen spelen nu toneel, behalve Tanja zelf?

Ze begint zich duizelig te voelen, shit, haar benen worden zwaar. Ontspan! zegt ze in zichzelf.

Ze probeert diep adem te halen – of moet je nou juist extra diep uitademen als je hyperventileert? Ze weet het niet, shit, ze weet het niet. Straks ligt ze languit op de grond, flauwgevallen, en dan rollen de slingers en de schalen uit haar tas, net als in de film.

Wat er in de kasten ligt, ziet ze allang niet meer.

Concentreer je, zegt ze in zichzelf.

Ze probeert het toch te zien: een plastic zakje met kleurige ik-heb-geen-idee'tjes erin, een kartonnen doosje met wat-zal-het-zijn? Nergens heeft ze houvast, omdat de koopwaar van deze winkel zo onbekend voor haar is. En zo duur, verdorie, daardoor zit ze nu in de nesten! De ballonnen, ze moet terug naar de ballonnen, die kan ze voelen en zelfs tellen – daar komt haar normale ademhaling vast van terug. Waar lagen de ballonnen ook alweer? De slingers, waar heeft ze die vandaan? De bekers, ze weet toch nog wel waar ze die heeft gezien!

Tanja is op van de zenuwen, begint zelfs zachtjes te hijgen nu. Ze voelt zich zo belabberd en zo in het nauw gedreven dat het bijna een opluchting is als ze ineens een stevige hand op haar schouder voelt, en een stem hoort die vraagt: 'Jongedame, mag ik jouw tas even zien?'

Het is Debiel, debiel!

Tanja is door de bewaker meegenomen naar achteren, een deur door naar een kleine kantoorruimte.

'Het spijt me,' fluistert Tanja geregeld.

Ze schaamt zich dood als ze de verbaasde blik van de caissière ziet. Zojuist was Tanja nog even tof als zij, dat zag ze aan de manier waarop het meisje naar haar glimlachte bij het afrekenen. Maar nu…

De opblaasbare schalen liggen in hun ritselverpakking op tafel verspreid. Naast de glitterslinger, waarvan Tanja er bij nader inzien toch twee in haar tas had gestopt.

De man kijkt haar aan. 'Het kost zesendertig euro vijf-ennegentig,' zegt hij.

Tanja heeft haar ogen neergeslagen, ze kijkt naar het tafelblad. 'Heb ik niet.'

'Dan moet ik de politie bellen.' De man kreunt licht bij het uitspreken van de laatste woorden, omdat hij al overeind komt. Het nummer kent hij uit zijn hoofd, en hij spreekt slechts een paar woorden. 'Een gevalletje,' zegt hij bijvoorbeeld en: 'Kek' en tot slot: 'Zie je zo,' voordat hij de hoorn neerlegt.

Met een diepe zucht laat hij zich weer op de stoel vallen.

Hij trommelt met zijn vingers op tafel, kijkt even naar Tanja en staat op.

'Koffie?' vraagt hij.

Tanja schudt haar hoofd. Voor hem is het – overduidelijk – niet de eerste keer dat hij met een situatie als deze te maken heeft, maar voor haar wel.

Ze voelt tranen prikken achter haar ogen, maar vreemd genoeg rolt er geeneen over haar wang. Zonet bonkte haar hart nog in haar keel, maar nu voelt ze het regelmatig kloppen. Toch is ze niet ontspannen, zeker niet. Als ze zou willen wegrennen, kan dat nu, terwijl de bewaker bij de koffie-automaat staat. Maar ze zou waarschijnlijk niet eens de deur halen, zo slap voelen haar benen.

Hoewel Tanja niet wil vragen of ze mag, heeft ze het gevoel dat ze bijna in haar broek plast. En ze ziet dat haar vingers aan de sluiting van haar schooltas frutselen, maar heeft het idee dat zij ze zelf niet stuurt.

De man komt alweer terug, ploft in zijn stoel en begint in de koffie te roeren. Aan de ene kant zit Tanja ontzettend relaxed, net als de bewaker, naar de gestolen waar te kijken, of naar de computer die is volgeplakt met memo's. Aan de andere kant zit ze voor haar gevoel in een video die op pauze staat. Het zou haar niet verbazen als de wereld echt was gestopt met bewegen.

Wat gebeurt er met je als je wordt opgepakt voor winkeldiefstal? Tanja heeft geen idee... Zou je er gevangenisstraf voor kunnen krijgen, of gewoon een boete moeten betalen?

'Daar is-ie,' zegt de bewaker met weer een lichte kreun in zijn stem omdat hij opstaat om de deur open te doen.

Als Tanja omkijkt, voelt ze pas echt hoe al het bloed uit haar gezicht wegtrekt. De tranen die net nog achter haar ogen prikten, rollen nu over haar wang. Snel veegt ze die weg. Ze staat op, ze *wil* opstaan, maar het lijkt alsof ze met een riem aan de stoel is vastgegespt.

De agent die haar, de dievegge, komt inrekenen, is...

Debiel, agent Van der Wiel uit Wijk Noord. Iedereen die ze kent noemt hem Debiel. De politieman die de laatste maanden geregeld met haar een stukje op fietste en dan vroeg hoe het met haar ging op school.

Oh, kan ze weg, mag ze een andere naam, een ander hoofd op haar lichaam, alsjeblieft? Anders dan Tanja lijkt Van der Wiel niet op te kijken van hun ontmoeting op deze plaats, voor dit vergrijp. Hij trekt niet eens een wenkbrauw op, gunt haar nauwelijks een blik waardig en vraagt slechts: 'Is dit 'r?'

Hij herkent me toch wel? vraagt Tanja zich af.

De bewaker knikt, biedt Van der Wiel koffie aan, maar hij weigert gelukkig. 'Nee, we moeten snel weer gaan.'

Gebiologeerd volgt Tanja de bewegingen van Debiel. Hij noteert welke dingen Tanja in haar tas had.

'Zijn dat ballonnen?' vraagt hij.

'Nee, opblaasbare schalen.'

Van der Wiel schrijft. Hij kijkt op zijn horloge en schrijft opnieuw. Hij zoekt op het postpapier naar het huisnummer van de winkel en zet weer een krabbel.

Het is dat ze niet durft, anders zou Tanja nu zeker glimlachen. Die Debiel, zo serieus met zijn werk bezig, zo heeft ze hem nog nooit gezien. Ergens is het ook wel grappig dat nou net híj moet binnenkomen. Wanneer zou ze anders zo'n serieuze kijk krijgen op zijn dagelijkse bestaan? Stel je voor dat er een andere agent was gekomen, zo'n griezel die ze ook wel eens op straat ziet. Dan is het maar prettiger dat ze een beetje vertrouwd is met deze.

Van der Wiel pakt haar bij de arm.

Ze staat op.

'We gaan,' zegt hij.

'Oké,' antwoordt Tanja en zegt 'dag' tegen de bewaker.

Hij knikt terwijl hij in z'n koffie roert.

Langzamerhand verdwijnen haar angst en schaamte voor een vreemd soort vrolijkheid.

Wat een situatie, denkt ze. Normaal gesproken zijn we zowat buren, maar nu zijn we ineens de dief en de agent. Het lijkt wel een toneelstuk. Zoals ze naast elkaar op de stoep lopen... Voor hetzelfde geld konden ze vader en dochter zijn, ja toch?

'Waar gaan we naartoe?' vraagt Tanja.

'Dat zul je wel zien,' antwoordt Debiel.

Ze weet dat ze nergens op hoeft te rekenen, maar ergens krijgt Tanja stiekem de hoop dat Van der Wiel zelf een straf voor haar zal bedenken. Zoals Maria deed toen die haar betrapte. Sindsdien helpt Tanja in de schoolkantine. Eerlijk gezegd vindt ze dat superleuk en nu heeft ze tenminste geld om af en toe iets te kopen.

Misschien geeft hij haar óók een zelfbedachte taakstraf, zoals eten brengen aan bejaarden of zo. Waarom niet? Hij heeft het beste met Tanja voor, anders had hij haar niet doorgezaagd over haar cijfers, en of het goed ging op het Rhijnvis Feith.

Doordat ze zo in gedachten is, heeft ze pas vrij laat in de gaten dat Van der Wiel haar niet naar huis of school leidt. Ze hoeven nu echt alleen nog maar linksaf voor ze bij het politiebureau zijn.

'Gaan we naar...?' Ze durft haar vraag niet af te maken.

'Wat dacht je dan?' Van der Wiel klinkt nors. Oei.

Alleen in een lang, lang verleden is Tanja eens deze stenen trap naar het bureau op gegaan. Dat was toen pa een papier nodig had uit een register, in de dagen dat hij nog werk hoopte te vinden.

Nu loopt ze daar alleen. Niemand weet dat ze hier is. Wat zou ma zeggen? Zou ze boos zijn, of moeten huilen? Tanja probeert er niet aan te denken. Ze fronst haar wenkbrauwen en stapt met gebogen schouders achter Van der Wiel aan naar binnen.

Hij knikt naar degene die achter de balie zit, maar zet Tanja niet in de wachtruimte.

'Kom maar mee.' Nog altijd die barse stem, maar nu, in dit gebouw, wordt Tanja er angstig van.

Hij opent een glazen deur, waarvoor hij eerst een code moet intoetsen. Dan pakt hij een sleutel van een enorme wand met sleutels en loopt weer verder. Aan het einde van de gang zijn links twee smalle deuren. Hij gaat voor de achterste staan.

'Hier gaan we in.' Hij morrelt al aan het slot.

Tanja kan alleen nog maar stamelen: 'Moet ik nu in... de gevangenis?'

In de cel

Van der Wiel zegt niks, maar duwt Tanja lichtjes in haar rug. Bezorgd stapt ze naar binnen.

Links is een smalle bank, en rechts een lage wc-pot zoals je bij de onderbouw van de basisschool wel eens ziet, voor de kleuters.

De agent gooit de deur niet achter haar dicht, maar komt zelf ook de cel in. Ergens voelt Tanja duistere wolken samenpakken, maar tegelijk is ze blij dat ze niet alleen wordt gelaten.

'Ga zitten,' bast Van der Wiel.

Geschrokken laat ze zich vallen – auw, die bank is hard.

'Denk jij...' Van der Wiel steekt zijn wijsvinger omhoog. Zijn neusvleugels trillen. Oei, nu pas ziet Tanja hoe boos hij is. Woedend. Witheet. '...dat het stelen van ballonnen en slingers jou misschien iets *goeds* kan opleveren?'

Het waren opblaasbare schalen, denkt Tanja, maar dat kan ze beter niet hardop zeggen.

'Waarom heb je het gedaan, Tanja de Vries, waarom?'

'Om, om...' Ze hapt naar adem en krijgt niks uit haar mond. Tranen rollen over haar wangen.

'Het is zeker voor je verjaardag, zaterdag.'

Tanja zit te knikken als een stout kindje.

'En waarom?' Ook Van der Wiel hapt naar adem.

79

'Om... Voor mijn feestje.'

'Koopt je moeder dan niks voor je!' Het klinkt meer als een bevel dan als een vraag.

'Jawel, maar—'

'Maar dat is zeker niet goed genoeg.'

'Nou, eh.' Ze zucht. 'Nee.'

De cel is klein, maar toch lukt het Van der Wiel om er te ijsberen.

'Toen jij naar de brugklas ging, hield ik mijn hart vast. Verkering met die Mike, vriendinnen met Marjan.' Hij zegt hun namen alsof het vieze woorden zijn.

'Marjan is lief,' sputtert Tanja zacht.

Opnieuw steekt hij zijn vinger op. 'Ik moet zeggen, voor een kind dat constant alleen gelaten wordt, doet ze het inderdaad goed. Die nieuwe vriend zorgt een beetje voor haar, is het niet?'

Tanja knikt. Ze slikt.

'Mmm. Hij leent iets te graag die opgevoerde brommer van Mario, maar ik zal het nog even aankijken.'

Nu trekt Tanja eindelijk haar wenkbrauw op. Wat is dit, wat Van der Wiel nu allemaal zegt... Hij weet wanneer ze jarig is, welke vriendjes ze heeft gehad, wie er op het slechte pad dreigt te raken...

'Eerst wilde ik zeker zijn dat je erheen ging, naar die school – hoe noemen jullie die?' Hij wuift met zijn hand. 'Ach, laat ook maar, iets met poep en pies, zoals kinderen graag doen.'

Ondanks alles moet Tanja glimlachen.

'Maar nu dacht ik toch dat het in orde was en tref ik jou dáár aan.' Hij wijst alsof de winkel tegenover het bureau is. 'Als een dief!'

Omdat haar keel op slot zit, komt het er zachter uit dan ze zou willen als ze zegt: 'Ik ben geen dief.'

'Sorry,' voor het eerst kijkt Van der Wiel haar in de ogen, 'wil je dat nog eens zeggen?'

Tanja kucht. 'Ik ben geen dief.'

Hij leunt nu met zijn handen op zijn bovenbenen, zijn gezicht komt dichter bij dat van Tanja. Dreigend zacht fluistert hij: 'En toch moet ik nu formulieren invullen, en gegevens in de computer zetten, die voor de rest van jouw leven, Tanja de Vries, zeggen dat jij een dief bent.'

De tranen rollen zo gemakkelijk uit Tanja's ogen dat ze niet goed kan voelen wanneer ze beginnen en eindigen. Haar ogen doen zeer.

'Ik wilde gewoon… dat ze mijn feest leuk zouden vinden,' huilt ze dan. 'Als ze zaterdag bij mij komen, zien ze hoe arm we zijn en beginnen ze weer te roddelen en lig ik er alsnog uit.'

Nu komt Van der Wiel naast haar zitten. 'Hoe komt een kind van twaalf op het idee om versieringen te stelen?'

'Van de… anderen.' Tanja kan haar woorden alleen nog maar door de tranen heen hikken. Maar dat lijkt Van der Wiel niks te kunnen schelen.

'En denk jij dat die *anderen*,' zegt hij, 'óók zo in de nesten zitten als ze worden gepakt?'

Tanja knikt. Ze kijkt hem onderzoekend aan. Het lijkt wel alsof hij weet wie Tanja bedoelt met 'de anderen' – maar nee, dat kan toch niet?

Voor het eerst kijkt Van der Wiel naar haar met weer wat lichte bezorgdheid. Hij schudt zijn hoofd. 'Die ánderen, dat zijn meisjes die gewoon kunnen betalen als ze worden gepakt, wat denk je.' Hij bestudeert zijn nagels. 'En dan stappen ze lachend de winkel uit.'

Verbaasd kijkt Tanja hem aan. Zou dat zo zijn?

'Jij bedoelt toch die drie meisjes?'

Vol ongeloof knikt Tanja van ja.

'Steenrijke ouders.' Hij zegt het met irritatie in zijn stem. Nu legt hij bemoedigend een hand op haar schouders. 'Die meiden hebben hun eigen problemen, geloof me. Jij hebt minder geld, maar bent beter af dan zij.'

O? zegt Tanja's mond zonder geluid te maken.

Van der Wiel glimlacht. Gelukkig. Dankbaar glimlacht Tanja terug. Hij stoot zijn schouder tegen die van haar en zegt: 'Zorg nou maar dat je het kunt vinden iedereen thuis, dat is pas echt belangrijk.'

Ja, bedenkt Tanja. Louisa heeft mooie spullen en kleren, maar wat Tanja het allerleukste vindt, is dat iedereen zo aardig is bij de familie Paula.

'Ga nou maar,' zegt Van der Wiel dan eindelijk. 'Je hoeft niet meteen in de cel, zo werkt dat helemaal niet.'

'O.' Tanja schraapt haar keel.

'Ik begrijp wel dat het soms moeilijk moet zijn, in je eentje op zo'n, euh, hoe noemen jullie dat? O ja: kakschool. Maar een volgende keer maak ik proces-verbaal op.'

'Jawel, meneer,' fluistert Tanja netjes. 'Bedankt.'

Pas als ze buiten staat, herinnert Tanja zich de vijftig euro van de soap. Wat stom! Ze schudt haar hoofd en glimlacht: nu hééft ze geld en dénkt ze er niet aan. Het maakt haar niet meer uit. Dit gedoe met Van der Wiel was óók veel waard.

Daar zit... hij

Niet eerder is Tanja zó blij geweest met haar oude brikkie dat haar nu weer snel thuis brengt. De afgelopen tijd is ze alleen maar bezig geweest zich aan te passen aan haar klasgenoten. Ze was allang blij dat ze haar vriendschap met Marjan had bewaard. Maar verder vond ze iedereen stom en steeds stommer worden: haar werkloze vader, haar moeder de schoonmaakster en haar zus die zo achterlijk begon te doen toen ze – volgens ma – in de puberteit kwam.

Maar nu ze door Wijk Noord fietst, begint haar buik te kriebelen. Kijk eens hoeveel kinderen er op straat lopen, als je wilt spelen, hoef je alleen maar je jas aan te doen en naar buiten te gaan, hartstikke gezellig!

Ineens is ze heel blij dat ze aan het pleintje woont waar meestal iedereen naartoe komt. Wat kan haar het schelen dat het simpele rijtjeshuizen zijn, klein en oud. Bijna altijd is in hun gezin iedereen thuis, net als trouwens bij Louisa. Terwijl Marjan inderdaad hele dagen in d'r eentje zit. Hoe noemde Van der Wiel haar? 'Dat kind dat constant alleen gelaten wordt.' Zo had Tanja er niet eerder over gedacht, zij vindt het normaal dat Marjans moeder er nooit is. Eigenlijk stond ze er niet zo bij stil wat het voor Marjan moest betekenen, maar dat komt ook doordat Marjan er nooit over heeft geklaagd.

Maar ook in haar klas zitten mensen die het minder

getroffen hebben. De ouders van Olivier zijn bijvoorbeeld even uit elkaar geweest. En toen ze bij Douwe was, zag ze duidelijk dat hij alleen met zijn moeder woont. Het schijnt dat zijn moeder, de dominee, een relatie heeft aangeknoopt met de vader van Goos en Marike. Nu krijgen ze dreigbrieven thuis omdat de gemeenschap vindt dat zijn moeder geen dominee mag blijven, met zo'n zedeloze relatie. Hij heeft niet eens broers of zussen, bedenkt Tanja, ongezellig eigenlijk...

En bij Marike?

Daar is het helemaal een bonte boel, daar weet Tanja alles van sinds Marjan met haar stiefbroer Goos gaat. Haar vader is drukker met zijn schapen dan met zijn kinderen, zegt Marjan. En hij houdt er twee vrouwen op na. Twéé. Marike moet niet alleen naar haar eigen moeder luisteren, maar ook nog eens naar een andere vrouw. Daar heb je toch geen zin in!

En dan óók nog Douwes moeder erbij, pfft.

Dan heeft Tanja het toch een stuk gemakkelijker. Ma doet de was, afwas, de boodschappen en kookt – alles eigenlijk.

Pa zit op de bank te zappen, dus ze hoeft nooit alleen tv te kijken. Ze schaamt zich dood als het gebeurt, maar iedere verjaardag staat hij toch maar mooi *Lang zal ze leven* voor haar te lallen.

Hij heeft een bureau voor haar getimmerd voordat ze begon in de brugklas. En ervoor gezorgd dat ze een fiets kreeg, al is het een oude brik. Geen computer, zoals meneer Paula aan zijn kinderen geeft, maar tof is het wel van hem. En Steef?

Nou ja... dat blijft nog even lastig. In ieder geval mag ze wel proberen Tanja's haren mooi op te steken. Als ze dat blijkt te kunnen, zal Louisa er nog jaloers op zijn – een echte kapster in huis!

Ze neemt niet de tijd om haar fiets netjes in de schuur te zetten, maar parkeert hem in de bosjes waar ze ooit met Mikes brommer in reed.

Zal ze ma opbiechten dat ze heeft geprobeerd te stelen? Pfoe, dat is een gewetensvraag. Liever niet natuurlijk, misschien alleen als ze – nee, besluit Tanja, dat hoeft ze niet te weten. Vanaf nu ga ik alles anders doen, beter, dat is toch genoeg?

'Ah, daar ben je,' zegt ma als Tanja de keukendeur opentrekt.

'Luister, schat, tante Annie vraagt zich af hoe laat ze zaterdag op jouw verjaardag zal komen. Kan ik haar de hele dag vragen, of wil je liever met Marjan naar de film?'

Het is dat Tanja vandaag al zoveel heeft gehuild, anders had ze misschien spontaan tranen in haar ogen gekregen...

'Mam,' zegt Tanja iets te dramatisch. Voor het eerst in haar hele leven pakt ze uit vrije wil de theedoek van haar moeders schouder en begint een mosterdglas af te drogen. 'Ik vind het hartstikke fijn als tante Annie komt.' Ze zet het glas in de kast en pakt het volgende.

'Dat is mooi, meissie.' Ma laat zich niet van haar stuk brengen.

'Maar ik wil ook graag een feest geven, en ik heb iets leuks bedacht.'

'Wat is dat, kind?'

'Een campingfeest.'

'Een wat?'

En zo, terwijl ze samen in de keuken de vaat doen, vertelt Tanja over haar feest. Hoe ze bierkratten van pa als stoelen wil neerzetten. Over de chips die ze gewoon in zakken wil neerleggen. De cola, die ze het liefst in simpele blikjes op tafel zet.

Soms moet ma lachen, een andere keer knikt ze. Uiteindelijk zegt ze: 'Dat wordt vast heel leuk.'

'Ik denk het ook,' zegt Tanja vlak voordat ze haar moeder een zoen geeft. 'Zullen we woensdagmiddag samen de boodschappen doen?'

Omdat ma het aanrecht afneemt, kan Tanja haar gezicht niet goed zien, maar dat moet verbaasd staan. 'O,' stamelt ze, 'laten we dat doen, ja.'

Tevreden loopt Tanja door het huis. Wat kan ze nou goed gebruiken voor een campingfeest, en wat moet echt even weg die avond?

De tv blijft natuurlijk staan. Kent ze misschien iemand die een videoband heeft van een knapperend vuurtje? Heeft ze meteen een mooi kampvuur.

Omdat het zulk mooi weer is, wil ze de lege kratten in de tuin zetten. Mensen gaan altijd graag naar buiten.

'Ma?' roept ze richting keuken. 'Mag ik ook bier kopen? Sommige kinderen zijn al vijftien.'

'Ja hoor, schat,' knikt ma. 'Eén kratje is wel goed.'

De muziek, denkt Tanja, moet natuurlijk uit... Hollandse meezingers bestaan. Shit, de hele collectie van Marjan komt nu goed van pas! Uit haar tas pakt ze een schrift om notities te maken:
— *Video kampvuur*
— *Arthur bellen: gitaar meenemen?*
— *Cd's Marjan lenen*

Langzamerhand ziet ze het steeds meer zitten.

Langs de trap naar boven hangen verschillende lelijke schilderijtjes. Tenminste, Tanja heeft ze het hele jaar verschrikkelijk gevonden, maar nu denkt ze dat de goedkope landschappen perfect haar kleuterfoto's kunnen vervangen in de woonkamer.

Ze heeft nog ergens een oud trainingspak liggen, dat kan mooi dienstdoen als campingsmoking. Het is net iets te klein geworden, maar daardoor blijft wel haar buik een leuk stukje bloot. Zie je, ze hoeft helemaal niks nieuws te kopen om er goed uit te zien. Die vijftig soapeuro's kan ze wel op de bank gaan zetten of zo, is dat geen goed idee?

Als ze op de kamer van Stefanie verder wil zoeken naar bruikbare spullen, schrikt ze zich plots het apezuur. Haar hart stopt met pompen, haar longen ademen geen zuurstof meer. Daar zit... hij. In haar huis.

Met haar zus.

Op het bed.

'Tan!' roept Stefanie geschrokken.

'Tanja,' zegt ook Lars.

Boem, zegt de deur die Tanja gauw dichttrekt...

De biecht

Met bonkend hart snelt Tanja de trap af.

'Tanja, wacht,' roept Steef, maar Tanja wacht niet.

Ze is al beneden en zegt gauw 'ben bij Marjan' voordat ze de deur opentrekt. Het lijkt alsof de coniferen er niet eens staan, zo snel stapt ze erdoorheen.

'Hoi,' roept ze als ze Marjans deur opentrekt.

'Wat is er met jou?'

'Niks,' zegt Tanja. Maar ze staat zo na te hijgen dat Marjan gauw de afstandsbediening neerlegt en naar haar toe loopt.

'Nee,' hijgt Tanja als ze Marjans bezorgde gezicht ziet. 'Er is echt niks. Hij is' – ze stopt even om adem te happen – 'bij Steef.'

Marjan spreidt haar armen. Ze kan het niet helpen, ze móét lachen. 'Ben je daarom nu zo buiten adem?'

Tanja glimlacht zachtjes terug. Het is ook wel een rare situatie. Ze loopt naar de keuken en schenkt cola in voor zichzelf.

Met een grote plof laat ze zich naast Marjan op de bank vallen. Ze krijgt langzaam haar ademhaling onder controle en het lukt ook alweer om een licht beledigd gezicht te trekken. Dan zegt ze: 'Het is toch niet normaal dat niemand mij vraagt of ik het wel goedvind?'

'Nee.' Marjan schudt haar hoofd. Ze grijpt naar haar pakje shag, maar legt het dan weer terug. 'Ik ga stoppen,' zegt ze.

'Met roken?'

'Wat denk je dan.' Marjan prikt haar wijsvinger in Tanja's zij.

'Even serieus,' gaat Tanja verder. 'Lars is mijn ex, ja toch? Dan is het wel zo netjes als ze mij even vragen wat ik ervan denk.'

'Ja.' Marjan knikt. 'Mee eens.'

'Maar dat hebben ze dus allebei niet gedaan.'

'Tss.'

Tanja schudt haar hoofd. 'Niemand, *niemand* denkt aan mij.'

'Arm kind,' zegt Marjan. 'Vind je het erg als Lars met Stefanie gaat?'

Tanja haalt haar schouders op: 'Nee.'

'Nou ja!' Marjan veert overeind. 'Wat zit je dan moeilijk te doen.'

'Gewoon, dat ik het *misschien* wel erg had gevonden en dat ze het dus *eigenlijk* wel aan mij moesten vragen.'

'Het was wel netjes geweest, dat ben ik met je eens.'

'Precies.'

'Ik rook al tien minuten niet meer, wist je dat?'

'Je ruikt meteen stukken beter.'

'Echt waar, denk je dat Goos dat ook zal vinden?'

'Even checken.' Tanja legt haar neus zowat tegen Marjans oor en snuffelt dan haar hele gezicht langs.

'Hihi, je kietelt.'

'Ja,' knikt Tanja dan. 'Goos vindt dat ook.'

'Mooi.'

'Dus eerlijk gezegd vind ik nu dat zij *allebei* hun excuses moeten aanbieden. Met een mooi cadeautje erbij.' Ze stopt even om te glimlachen. 'En dan moeten ze *alsnog* vragen of ik het erg vind.'

'O.'

'Ja, en wel op zo'n manier dat ze ermee zullen stoppen als ik zou antwoorden dat ik het niet leuk vond.'

'Zozo, mevroi De Vreus...'

'Neenee, dat is geen damesachtig gedrag van mij.' Shit, eigenlijk wilde ze het er serieus over hebben, maar op deze manier lukt dat natuurlijk niet!

'Weet je wat,' zegt Marjan. 'Misschien helpt het om te weten dat Steef en Lars wél aan jou hebben gedacht. Lars vond dat Steef het met je moest bespreken omdat jullie zussen zijn. Híj mag verkering vragen aan wie hij wil, natuurlijk.'

'Jawel, maar toch...'

'Alleen had Steef totaal geen contact met jou. Ja, als jij 's ochtends te laat uit bed stormt, vloek je wat tegen haar. En bij het avondeten kijk je boos als ze wat zegt.'

'Ach, dat valt wel mee.' Tanja vraagt zich af hoe Marjan aan die informatie komt.

'Dus vindt zij het lastig om met jou te bespreken dat ze verliefd is op jouw ex. Het is ook wel een beetje raar voor haar, verkering met de ex van haar kleine zusje.'

Tanja kucht. 'Heeft ze dat allemaal aan jou verteld?'

'We zitten op dezelfde school, hoor.'

'Ja, dat weet ik ook wel.'

Tanja zucht. Zie je, het is nou eenmaal zo dat je uit elkaar groeit als je niet naar dezelfde school gaat...

Opnieuw prikt Marjan met haar wijsvinger in Tanja's zij. 'Misschien moet je er niet te lang over doorzeuren. Je vindt het toch eigenlijk niet zo erg?' Tanja denkt aan wat Van der Wiel over Marjan zei. Voor een 'kind' dat zoveel aan haar lot wordt overgelaten, is ze inderdaad wel erg wijs. Knap *eigen*wijs, haha!

Het duurt even. Tanja friemelt wat aan de afstandsbediening, Marjan staat op om haar pakje shag weg te gooien, maar dan zegt Tanja eindelijk: 'Ik denk dat ik zelf misschien óók weer iemand heb gezien, die–'

Sneller dan haar schaduw ploft Marjan weer op de bank. 'Een nieuwe *lover*? Wauw, biecht op!'

Eigenlijk gebruikt Marjan per ongeluk precies de goede woorden. Want het voelt echt bijna als opbiechten.

'Nou ja, ik weet niet zeker of ik...'

'Wat maakt het uit, vertel!'

'Ja, maar ik heb al zo vaak gedacht dat ik iemand leuker dan leuk vond.'

'Nou en?'

'En als ik er eenmaal over praat, wordt het gevoel steeds erger. Terwijl deze jongen misschien wéér niet degene is op wie ik écht verliefd ben.'

'Wat kan mij dat nou schelen, vertel!'

Maar de voornaamste reden waarom Tanja voor haar gevoel een biecht moet afleggen, is dat ze nu licht beschaamd moet zeggen: 'Hij is, ahum, best wel een kakker.'

Marjan komt direct niet meer bij. 'Zie je wel dat je een daftige poeperd begint te worden. Mevroi De Vreus met heur kakker, haha!'

Hoewel ze voelt dat haar wangen minstens lichtroze moeten zijn, begint Tanja toch ook te glimlachen.

'Is hij net zo erg als die vreselijke kakjongens met wie we ruzie hadden op de kermis, weet je dat nog?'

Tanja knikt. 'Toen stond jij keihard te tongen met die afschuwelijke Danny, de neef van Hans.'

'O ja, dat was lachen. Vond jij hem afschuwelijk? Goh, nu ik eraan denk, die heb ik daarna nooit meer gezien.'

'Maar goed ook. Het is beter dat je nu met Goos bent.

Goos is lief. Vergeleken met Danny is Goos ook bijna een kakker, vind je niet?'

'Hoho, mevrouwtje, ik weet nog goed hoe die kakjongens net zo lang bleven treiteren tot de politie kwam, dat lijkt totaal niet op Goos! En op zo'n kakker ben jij nu verliefd?'

'Ja.' Dan staat ze op. 'Ik moet naar huis, ik moet naar Steef.'

'Goed zo.'

Tanja stormt de trap op en klopt wel even op Steefs deur, maar gooit die direct erna wagenwijd open. Geschrokken veren Lars en Stefanie op.

Tanja loopt op hen af, ploft erbij op het bed en zegt: 'Jongens, ik weet het nu wel en ik vind het belachelijk dat jullie niks aan mij hebben gevraagd, maar eigenlijk kan het me niet schelen.'

Ze geeft hun allebei een zoen op hun wang. Ze kijkt naar haar zus en zegt: 'Als je wilt, mag je mijn haren wel opsteken.'

'Gelukkig,' zegt Steef.

De zussen lachen even naar elkaar.

Voorbereidingen

Tanja ziet er niet speciaal jarig uit vandaag. Ze heeft geen make-up op, en haar haren zijn in een simpele, lage staart geknoopt. Eerst wil ze alles klaarzetten voor het feest, en pas daarna haar sexy afgedankte *outfit* aantrekken.

Ze heeft van haar ouders nog niks gekregen, want pa en ma hebben samen met tante Annie en ome Cor iets voor haar gekocht.

'En ik ook!' riep Steef.

'Ja,' knikte ma tevreden. 'Je zussie hep meebetaald.'

Nu wachten ze dus eerst tot haar tante en oom er zijn. Daardoor is Louisa vanmorgen de eerste om Tanja een cadeau te geven.

'Gefeliciteerd.' Louisa zegt het bijna verlegen. Misschien is dat omdat alle ogen op háár gericht zijn nu zij Tanja haar allereerste cadeautje geeft.

Het is een hard, vierkant pakje, Tanja heeft geen idee wat erin kan zitten. Ze probeert het papier charmant te openen – zonder gretig te zijn – en friemelt het plakbandje voor plakbandje los.

Steef lacht haar uit. 'Je mag wel scheuren, hoor.'

Louisa zegt: 'Ik weet niet of je het mooi vindt, maar je mag het ruilen, ik vind het niet erg als je liever iets anders hebt.'

Pas dan heeft Tanja het eindelijk open. Haar hart staat

even stil. Een brede, glimmende ketting is het, in een doos van de échte juwelier. Tanja stamelt: 'Is dat... een échte?'

'Nee joh, gekkie, hij is verzilverd, haha!' Louisa stoot haar elleboog in Tanja's zij.

Tanja's familie lacht beleefd met Louisa mee, maar kijkt met grote ogen naar de ketting.

'Geef maar, dan doe ik hem om.'

Tanja doet haar haren omhoog, zodat Louisa het sieraad om haar hals kan schuiven.

Steef houdt haar hand voor haar mond. 'Hij is prachtig,' mompelt ze.

'Ja, hè?' zegt Louisa nu trots. 'Niet zo'n kitscherig ding van de markt dat je twee keer draagt en dan weggooit.'

Gelukkig houdt Louisa dan haar mond, want die felgekleurde kettingen van de markt liggen niet alleen in Tanja's kast, maar ook in die van Marjan en Steef... Toen ze de berenketting kocht, vond ze die zó lief dat ze zeker wist dat ze hem vaak zou dragen... ahum, dus niet.

'Bedankt,' zegt Tanja en geeft Louisa een kus.

Even later zijn ze druk bezig met de voorbereidingen. In een plastic beker doet Louisa chocoladesigaretten. Tanja dacht eerst dat je die in de zomer niet kon kopen, maar Louisa had gezegd dat je ze bij een goede chocolaterie het hele jaar kan krijgen. Het was de eerste keer dat Tanja het woord 'chocolaterie' hoorde.

Louisa schudt de pakjes niet helemaal leeg, maar legt ze met een stuk of vijf, zes sigaretjes er nog in, verspreid door het huis.

Langs de muur stapelt Tanja een piramide van colablikjes, en ook buiten staat al zo'n mooi kunstwerk tegen het huis. Ze zijn bij mensen uit de hele straat langs de deur gegaan om campingstoelen te lenen.

'Even hier aanbellen,' zei Louisa nog.

'Nee, daar niet.' Tanja trok haar vriendin mee.

Bij Van der Wiel heeft nog nooit iemand uit de buurt zomaar aangebeld. En na haar, eh, *avontuur* van laatst, lijkt het haar sowieso geen goed plan.

Tanja heeft het niemand verteld. Zelfs Louisa weet van niets. Waarschijnlijk zouden sommigen er best om kunnen lachen, maar Tanja schaamt zich te erg. Ze mag van haar moeder het hele huis verbouwen voor haar feest – wie mag dat nou? En zij vond iedereen alsmaar stom…

Toen Louisa hoorde dat Steef later die dag hun haar zou doen, riep ze dat zij óók een zus wilde die kapster was. Zie je, zó erg kan het niet zijn dat ze nou net déze zus heeft.

Ook pa is vandaag druk aan het helpen. Vanmorgen heeft hij eerst zijn gebruikelijke verjaardagslied voor haar laten schallen: keihard en supervals.

Daarna is hij naar buiten gegaan. Hij heeft intussen een cirkel gemaakt van de bakstenen die al jaren los in hun tuin zwerven. Daarin heeft hij een zak zand gestrooid. Tanja dacht even zand uit de speeltuin te herkennen, maar heeft maar niet gevraagd waar hij het vandaan had.

Nu staat hij gebogen boven het zandplaatsje. Hij steunt en kreunt terwijl hij hout en takjes op een hoop legt. Vanavond krijgt Tanja een kampvuur in de tuin.

Ma heeft het liever niet, en dat zegt ze ook steeds, maar pa luistert niet naar haar. Hij kan niet wachten tot eindelijk de fik erin mag.

'Kunnen we daar geen boete voor krijgen?' vraagt ma met een angstig gezicht.

'Welnee.' Pa wuift haar bezwaren weg. 'Wat is nou een camping zonder kampvuur?'

Tanja glimlacht. Een vuurtje in de achtertuin is hartstikke illegaal. Maar nog lang niet zo erg als het verbranden van oude autobanden, wat ze elk oudjaar doen.

'Als Debiel komt, zeggen we gewoon dat we aan het bar-
beknoeien zijn,' vindt pa. 'Daar is toch niks mis mee?'

Voor Louisa is het geweldig dat ze een heel huis mag aan-
passen aan het thema. Ze heeft tafelzeil meegenomen met
fruit, brood en pizza's erop als print. Dat ligt nu over alle
kasten en tafels heen.

Ergens is het gek dat ze vandaag de voorbereidingen met
Louisa doet, en niet met Marjan.

De laatste jaren – voor haar gevoel al zolang ze leeft –
was Marjan de allereerste vriendin die op visite kwam als
Tanja jarig was. Maar vandaag kon ze verdorie niet vroeg
komen.

Goos heeft haar meegenomen naar zijn moeder, zijn
echte. Die zit in een inrichting omdat ze ergens aan lijdt,
shit, Tanja is vergeten welke ziekte het precies was. Waarom heeft ze het nou niet onthouden! Ze had het natuurlijk
weer eens te druk met zichzelf.

Het is jammer dat Marjan er dit keer niet de hele dag bij
kan zijn, maar het is voor haar fantastisch dat Goos kennelijk zo serieus over hun relatie is. Het is trouwens ook goed
dat Tanja en Marjan niet aan het oude vasthouden, dat
ook.

Voor haar gevoel heeft Tanja zoveel nieuwe dingen ont-
dekt op het Rhijnvis Feith, en waarschijnlijk staat haar de
komende jaren nog veel leuks te wachten.

Marjan heeft haar weg eigenlijk al helemaal gevonden
nu ze met Goos is. Ze praten er soms zelfs al over hoe het
zal zijn als ze samenwonen. Marjan is dit schooljaar vijftien geworden, dat is al bijna zestien! Goos en zij kunnen
niet wachten om hun eigen thuis te maken, zeggen ze.

Goos had plotseling haast om Marjan aan zijn moeder

voor te stellen, hij maakt zich zorgen, zei Marjan. Soms is hij bang dat ze zomaar uit het leven zal stappen, en dan doet hij gauw de dingen die voor hem belangrijk zijn – zoals nu zijn vriendin meenemen. Dat zijn moeder ziek is, is natuurlijk de reden van zijn verblijf bij Marikes familie.

Goos heeft het goed, maar het pleeggezin is toch niet zijn eigen thuis, denkt Marjan. En Marjan zit hele dagen alleen omdat haar moeder zo hard moet werken en ook studeert.

'Ik zorg nu al voor mezelf,' zei ze pasgeleden. 'Ik zou het heerlijk vinden om óók voor Goos te zorgen, eindelijk iemand om 's avonds samen mee te eten.'

Tanja knikte toen Marjan dat zei.

Ze begrijpt heel goed wat Marjan bij Goos zoekt en vindt. Maar ja, het betekent natuurlijk ook dat de levens van Tanja en Marjan nóg meer gaan verschillen.

Als ze vroeg gaat samenwonen, krijgt Marjan misschien ook vroeg een kindje. Misschien al als ze achttien is, of twintig. Dan is Tanja net zestien, of intussen achttien, en zit ze nog op de middelbare school!

Ja, beseft Tanja, het is goed dat ze zich niet aan elkaar vastklampen, want ze gaan twee totaal verschillende kanten op. Maar dat neemt niet weg dat Marjan altijd haar allereerste beste vriendin zal blijven!

Ze glimlacht.

'Ik heb het dartsbord van Sandro in de gang gehangen,' zegt Louisa. 'Daar heb je de minste kans op ongelukken.'

Tanja kijkt haar aan. Louisa kijkt vragend terug. Dan spreidt Tanja haar armen en knuffelt Louisa even helemaal plat.

'Wat is er?' lacht Louisa.

'Niks.' Ook Tanja lacht. 'Ik ben blij dat je er bent.'

Louisa knikt. 'Ik ook. En,' gaat ze verder: 'Het was wel

nodig ook, anders had je het nooit gered! Ik heb knakworsten klaargezet op het aanrecht en alvast een pan waar ze in kunnen.'

'Fijn.' Tanja neemt Louisa aan haar arm mee de woonkamer in. 'Laten we naar Steef gaan om ons haar te laten doen,' stelt Tanja voor.

'Yes!' roept Louisa. 'Moet je horen: ik heb met je moeder gesproken en die zegt dat ze altijd het meest met jouw tante Annie zit te babbelen op verjaardagen. Weet je waar ze dat nu gaan doen?'

Tanja schudt haar hoofd.

'Bij de wc! Ze worden toiletjuf, haha, is dat geen grap? Je moeder heeft jouw tante al gebeld dat ze haar breiwerkje moet meenemen. Leuk hè? Kunnen ze meteen het dartsbord een beetje in de gaten houden.'

Tanja knikt. Ze vindt het niet erg dat Louisa er een beetje haar eigen feestje van maakt. Toen ze pas naast Louisa zat, vond ze haar een bitch zodra ze de leiding nam. Maar nu is Tanja eigenlijk vooral blij dat ze niet alles alleen hoeft te bedenken.

En toen Louisa aanbood de toneelkleding van het schooltoneelstuk van Tanja over te nemen, heeft ze meteen ja gezegd. Ze kon haar aandacht er toch niet bij houden, zo druk had ze het, eerst met de opnames voor *Het recht op geluk*. Daarna de voorbereidingen voor het feest. En... Laurens.

Ze moet zuchten nu ze aan hem denkt.

Op kerels moet je niet wachten

Meteen na het eten gaat de bel. Het is tante Annie.

'Hé, zussie!' roept ma blij.

Tevreden merkt Tanja dat ze niet zenuwachtig is voor wat Louisa zal denken. Tante Annie is lang niet zo hip als Louisa's oom en tante, en ook niet zo slank of knap, maar toch zeker hartelijk. Met veel lawaai komt ze de woonkamer in.

'Waar is mijn puberende nicht!'

'Hier ben ik!' Tanja loopt op haar af. 'Is daar mijn wc-dame?'

'Hoho,' lacht tante Annie. 'De *toiletjuffrouw* ben ik, dcnk crom.'

'Sorry mevrouw.' Tanja geeft haar tante een zoen.

'Dertien jaar, kind toch.'

Tanja legt een duim onder haar ketting. 'Kijk eens, die heb ik gekregen.'

Tante Annie trekt haar mond in een grote 'o' terwijl ze naar haar zus kijkt, Tanja's moeder.

'Mooi hè?' knikt ma. 'Van Louisa.' Tanja schuift haar vriendin naar voren.

'Dag, mevrouw,' zegt die schuchter maar beleefd.

'Kijk eens aan,' zegt tante Annie. 'En waar is dat andere meissie, Marjan?'

'Die komt later.'

'Is die er nog niet?' Tante Annie kijkt verbaasd.

'Geeft niks, hoor.' Tanja loopt naar de keuken om koffie in te schenken. 'Ze komt vanavond.'

Oom Cor had een zoen op Tanja's wang gedrukt voordat hij met pa naar buiten liep om de stenen vuurplaats te bekijken.

'Mannen, wij gaan het cadeau geven,' roept ma richting keukendeur. Tegen Tanja knipoogt ze: 'Op kerels moet je nooit te lang wachten.'

'Aha,' zegt tante Annie, 'krijgt die kleine al advies over mannen? Heb je verteld dat ze altijd moet zeggen wat zíj wil, omdat hij ook alleen maar denkt aan wat híj wil?'

Louisa schiet in de lach.

'Dat is zo, meissie.' Tante Annie kijkt haar aan met een glimlach om haar mond, maar een serieuze blik in haar ogen. 'Geloof me, ze kunnen niet anders dan doen wat zij zelf willen, zo zijn ze geboren.'

'Tadaa.' Ma tovert het pakketje achter haar rug vandaan.

'Ik heb het uitgezocht,' zegt Steef enthousiast. Lars heeft zijn arm om haar heen, ziet Tanja. Daar zal ze dus aan moeten wennen...

Met snelle vingers scheurt Tanja het papier los, ze laat het op de grond vallen en zegt: 'O!'

Ook Louisa roept: 'O!'

'Mooi hè?' vraagt Steef overbodig.

Tanja opent het kartonnen pakje en pakt de megavette rode... mobiel. 'Hij is prachtig,' fluistert ze.

'Vond ik ook,' beaamt Steef tevreden.

'Het is met beltegoed, hoor, geen abonnement,' zegt ma terwijl ze het pakpapier van de grond raapt.

'Anders bel je je nog scheel en dat kenne we niet betalen,' vindt Annie.

Het is een mobiel die je open moet klappen, en dan lichten de cijfers op. Tanja wil haar allereerste telefoontje gaan plegen, maar naar wie? Degenen die ze het beste kent zijn hier, behalve Marjan, maar die zit bij Goos. Dan gaat opnieuw de deurbel.

'Wie kan dat nou zijn?' Met de prop papier nog in haar hand opent ma de deur.

Tanja hoort een jongensstem: 'Goedemiddag, euh, woont Tanja de Vries hier?'

'Ja, jongen,' antwoordt ma. 'Wat heb jij in godsnaam bij je?'

Maar dan staan Tanja en Louisa al achter ma te roepen: 'Hé, Floris!'

Hij draagt een enorme rugzak. Alsof hij een week met Louisa op vakantie gaat.

Eigenlijk vond ma het niet goed dat Louisa en Floris met zijn tweetjes in een tentje zouden slapen in de tuin. Vooral ook omdat ze hen allebei niet kende. 'Je kent haar wél, ze is hier al eens geweest!' riep Tanja nog pissig. Maar ma vond dat ze na één bezoekje heus niet hoefde te weten wie iemand precies was.

Met zijn drieën op Tanja's kamer was ook geen optie, want dan voelde Tanja zich het vijfde wiel aan de wagen. Toen hebben ze besloten dat ze állemaal, iedereen, in de woonkamer zullen slapen, op matrassen en luchtbedden: Louisa, Floris, Steef, Lars, Marjan, Goos en Tanja. En, wenst ze vurig, hopelijk Laurens ook…

Floris feliciteert Tanja en geeft haar het pakje dat uit zijn jaszak steekt. Louisa krijgt van hem een zoen op haar mond.

'Een video van het eerste jaar *Het recht op geluk*, bedankt.'

'Zodat je altijd onthoudt waar we elkaar van kennen,' zegt Floris meer tegen Louisa dan tegen Tanja.

De tent die hij bij zich heeft, is een koepeltentje zonder haringen. Die hoef je bij wijze van spreken alleen maar uit te pakken en hij blijft al staan.

Buiten kunnen ze hem nu niet opzetten, want dat is te gevaarlijk met het kampvuur. Maar als ze de bank een stukje opzijschuiven en het kastje bij de vensterbank ook, dan krijg je een héél romantisch hoekje voor de tent!

'Wat zit je haar mooi.' Floris legt zijn hand op Louisa's schouder.

'Heeft Tanja's zus gedaan.' Louisa slaat haar ogen neer – wat is ze toch verlegen als haar vriendje erbij is!

'Moeten we nog iets?' vraagt Tanja. 'Want het zal nu niet lang duren voordat iedereen komt.'

Drinken en boeren

Marjan en Goos zijn de volgende gasten. Ze omhelzen Tanja stevig en Marjan geeft iedereen in de kamer een zoen. Ook Louisa, en zelfs Floris.

'Is dat jouw nieuwe vriendje?' fluistert ze tegen Louisa. Ze trekt een bewonderend gezicht en steekt haar duim op.

'Kijk, Mar, er is bier!'

'Pak maar, hoor,' roept Tanja tegen Goos. Ze frummelt het cadeautje open en vraagt verrast: 'Een kookboek?'

Marjan knikt. 'Als je dertien bent, wordt het tijd dat je leert koken.'

Ma klapt in d'r handen. 'Precies!'

Tanja kan niet anders dan lacherig knikken.

Wendy en Marisha komen samen, en vlak na hen staan Achmed en Mario op de stoep.

Pas om kwart voor negen komen de eerste 'kakkers', als de Noordwijkers al aan hun tweede biertje zitten.

Maaike staat licht blozend voor de deur. Hand in hand met Arthur.

'Hé,' roept Tanja veel te uitgelaten. 'Wat leuk!' En ze denkt: dus toch, ik had wél goed gezien dat ze elkaar stiekem leuk vonden!

Ze knikken en stappen naar binnen. 'Ik heb m'n gitaar bij me en Stef neemt de zijne ook mee,' zegt Arthur nog voordat Tanja het cadeau heeft kunnen aanpakken. 'Volgens Michiel maakt zijn saxofoon te veel herrie als wij allemaal onversterkt spelen, maar Boris brengt wel bongo's mee.'

Uit de verpakking komt een speelgoedmicrofoon met een cassetterecorder erbij. Tanja lacht.

'Leuk dat jij een feestje geeft, want ik heb wel zin om weer eens te spelen!' zegt Arthur terwijl hij en Maaike met Tanja mee de woonkamer in lopen.

'Het is een campingfeest,' zegt Tanja.

Op dat moment laat Mario in de tuin een donderende boer. Geschrokken kijkt Tanja naar Louisa, maar ook naar Maaike en Arthur, en zelfs naar Lars.

Als Mario opnieuw adem hapt om te gaan boeren, valt Goos hem bij. Ook Achmed laat een boer.

Jeetjemina, gaat iedereen nou keihard staan bóéren?

De bel gaat en Steef roept: 'Ik doe wel open!'

Tanja schaamt zich dood. Wat moet iedereen wel van haar vrienden, en dus ook van háár denken?

Zoekend kijkt ze rond. Is er misschien iemand aan wie ze kan vragen om de jongens te laten stoppen? Iemand naar wie ze ook zullen luisteren?

Mike staat bij pa te kijken, die bezig is het vuur aan te maken. Lars kent de jongens goed van school; ook hij drinkt een biertje in de tuin.

Bijna alle jongens drinken bier, maar ook veel meisjes: Betsy, Wendy en Kimberly staan alledrie met een blikje in hun hand. Marisha niet, die mag dat natuurlijk niet van haar vader, en ook Marjan drinkt geen bier.

'Te veel calorieën,' fluistert ze licht beschaamd. 'Dan eet ik vandaag liever chips.'

De tweedejaars komen binnen: Nikki, Merel, Saleena. Ze hebben het nichtje van Saleena meegebracht, Jamilla.

Zie je wel, denkt Tanja, zal je net zien dat zíj nu binnenkomen, als iedereen zich op z'n goorst gedraagt.

'Wat is dit voor een feest?' vraagt Saleena als ze klinkende boeren door de tuin hoort schallen.

'Een campingfeest,' zegt Louisa.

'Getver,' lachen de tweedejaars.

'Is vet, joh, moet je kijken. Louisa leidt de meiden mee naar naar buiten.

Verbaasd kijkt Tanja hen na. Pas dan ziet ze dat de meesten om de jongens moeten lachen. Dáárom boeren ze zo lang en hard door, omdat ze worden aangemoedigd.

Opgelucht begroet Tanja nieuwe gasten.

Linda Wilfers heeft mooie kleren aan. Tanja vindt het superleuk dat ze is gekomen, vooral omdat het pasgeleden is uitgegaan met Douwe. Iedereen dacht dat het uit was met zijn Friese vriendinnetje, maar dat bleek dus niet zo te zijn, ai...

Daphne is – goddank – zonder Olivier gekomen.

'Misschien komt Ollie straks nog,' zegt Daphne als ze Tanja feliciteert. 'Dat zou leuk zijn, toch?'

Tanja kijkt haar aan. Recht in haar ogen. Daphne is niet boos meer. Gelukkig maar. Dus knikt Tanja. 'Hartstikke leuk.'

Intussen staan sommige meiden mee te boeren met de jongens. Marjan kan het goed, maar tot ieders verbazing blijkt Nikki een echte boerkoningin te zijn.

'Moet je zien wat ze doet!' Louisa gilt het keihard in Tanja's oor. Merel en Saleena maken van afschuw sprongetjes in de lucht.

Giechelend hapt Louisa lucht, maar hoe hard ze het ook probeert, het lukt haar niet om een boer te produceren.

'Zo moet je dat doen,' lacht Tanja. 'Let maar eens op.' Ze neemt drie fikse happen lucht en slikt die zo goed mogelijk door. En dan, alsof ze nooit manieren heeft geleerd op het Rhijnvis Feith, alsof haar haren niet damesachtig prachtig zijn opgestoken, alsof ze geen sexy dertienjarige is, maar gewoon het jongensachtige kind dat ze vroeger was, laat ze een keiharde boer!

Het klinkt ongelooflijk goor. Tanja schiet in de lach, terwijl de anderen beginnen te joelen en klappen. En dan hoort ze plotseling naast haar: 'Gefeliciteerd, Tanja.'

Haar hart staat stil.

De cola ontploft in haar buik.

Als Steef er niet zoveel lak op had gespoten, zou haar opgestoken haar acuut inzakken.

Naast haar staat Laurens. Hij heeft alles gezien. En, erger, ook *gehoord*.

Onhandig schudt hij haar hand en drukt hij een zoen op haar wang.

'Alsjeblieft.' Hij duwt een klein pakje in haar vingers.

Het zweet staat op Tanja's voorhoofd.

En op haar bovenlip.

Ja, zelfs op haar rug.

'Dank je,' perst ze uit haar lippen.

'Daar is de jarige Job!' schreeuwt Sandro boven alles uit. 'Gefeliciteerd, meid, wat een megavet feest.'

'Dank je.'

Tanja kijkt naar Masha, de nieuwe vriendin van Sandro. Ze ziet er leuk uit, vindt Tanja, maar dat is niet belangrijk. Wat er veel méér toe doet, is dat ze heeft geboerd. Keihard, terwijl Laurens in huis was – nee, erger nog: *naast* haar stond.

O, wat moet hij denken? Misschien vond hij haar al een asociaal kind, en zelfs een snol? Nu zijn haar kansen natuurlijk verkeken…

Trillend maakt ze het papier los. Opnieuw valt haar mond open. Het is alweer… een doosje van de juwelier!

'Ik heb met Louisa overlegd op chatnet,' zegt Laurens verontschuldigend. 'Zij schreef dat je dit mooi zou vinden.'

'Mooi? Ik vind ze prachtig!' Met grote ogen kijkt ze in de donkere, lieve kijkers van Laurens. Haar enthousiasme slaat om in een lastig soort verlegenheid. Zo snel ze kan, doet ze de ronde, stevige oorbellen in.

'Dankjewel,' fluistert ze. 'Ik vind ze echt supermooi.'

'Wat is dit?' roept Sandro. 'Geen zoen?'

'Sorry, hihi.' Tanja drukt een kus op Laurens' wang. En poef – haar wangen zijn weer rood. Goddank heeft Louisa kerstverlichting langs de muren gehangen, en kun je hopelijk minder goed zien hoe ongelooflijk ze staat te blozen.

'Mag ik je nu dan eindelijk ons cadeautje geven?' vraagt Sandro. En terwijl hij Tanja omhelst, fluistert hij vliegensvlug in haar oor: 'Maak je geen zorgen, hij is verliefd op je, ik zie het aan hem.'

Veel te giechelig geeft ze eindelijk Masha een hand om zich voor te stellen.

Zoenen, zoenen, zoenen...

Bijna de hele avond zitten Louisa en Floris in het gras te zoenen, aan het kampvuur. Soms maakt iemand een pesterige opmerking over hen, dan lachen ze even en gaan ze verder. Ook nu het al donker is en kouder wordt. Lars en Steef staan vooral in de keuken om alle hapjes en drankjes klaar te maken. Nieuwe zakken chips opentrekken, knakworsten op het vuur, zoenen, biertjes koud zetten...

Ma en tante Annie kwebbelen zoals altijd over het feest, de kinderen, hun mannen en de rest van de buurt. Ze drinken bier, roken shag en beweren dat ze het beste plekje van het huis hebben, lekker rustig op de gang en vlak bij de wc.

De tijd gaat voorbij zonder dat Tanja het in de gaten heeft. Het is al laat. Daphne en Linda zijn naar huis gegaan. Olivier was toch nog gekomen, eventjes, hij had zijn vriend Ravi meegenomen. Maar die zijn nu dus ook alweer weg.

Arthur en Stef spelen op hun gitaar. Maaike en Tanja hebben al een paar nummers meegezongen, maar nu spelen de jongens vooral voor zichzelf.

Wendy praat en lacht met Betsy en Marisha. Mike probeert Marisha ook mee te nemen naar een donker hoekje zodat ze kunnen zoenen, maar zij duwt hem steeds weg. Tanja heeft geen idee wat er mis is gegaan tussen die twee, en eerlijk gezegd kan het haar ook niet schelen. Mike is allang niet meer belangrijk voor haar.

De hele avond houdt ze Laurens in de gaten. En ook al praat ze nauwelijks met hem, hij heeft haar verjaardag stukken feestelijker gemaakt door te komen. Ze is blij dat hij niet met Olivier en Ravi is meegegaan toen die weggingen. Tenslotte kent hij niet al te veel mensen hier.

'Tadidudidadidai,' klinkt ergens een telefoon. Eerst kijkt Tanja zoekend om zich heen, maar dan beseft ze dat het haar eigen nieuwe mobiel is. Ze klapt hem uit en zegt: 'Hallo?'

'Ja, met mij,' zegt Marjan.

'Heb jij een telefoon?!'

'Nee joh, gek, deze heb ik even van Sandro geleend. *Listen*, ik heb je hulp nodig, ik voel me niet zo goed.'

'O, wat is er dan?'

'Kan ik zo niet zeggen. Ga even in de tent zitten, oké? Kom ik daar ook naartoe.'

'O?' Tanja trekt haar wenkbrauwen op. 'Oké.'

Verbaasd kruipt ze in het koepeltentje van Floris. Inderdaad zit je hier rustig, maar waar blijft Marjan?

Bijna wil Tanja alweer naar buiten kruipen om te kijken waar Marjan blijft, als de rits opengaat.

Laurens kijkt naar binnen en zegt: 'Marjan zegt dat het niet goed met je gaat, kan ik misschien helpen?'

Meteen gilt Tanja het uit: 'O!'

'Wat dan?'

Ze legt haar vinger over haar lippen en gebaart Laurens dat hij naar binnen moet komen. Dan kan die gemene Marjan tenminste niet meer vanaf een afstand zien wat ze met elkaar bespreken.

'Tegen mij zei Marjan dat ik op haar moest wachten, de trut!'

Laurens glimlacht. 'Waarom doet ze dat?'

'Omdat, euh, nou ja, dat doen ze om mij te pesten natuurlijk!'

'Ze? Wie dan?'

'Sandro en Louisa en Marjan, de gemene—'

Laurens kijkt haar aan met twinkels in zijn ogen. 'Noem jij dit pesten?'

Opnieuw begint Tanja te blozen. Ze schraapt haar keel. 'Niet echt, euhm...' Even zitten ze zwijgend naast elkaar. Tanja zucht. Laurens kijkt haar aan. Als Tanja terugkijkt, glimlacht hij naar haar, maar slaat dan zijn ogen neer.

'Ik vroeg me af...'

'Ja?' Tanja vraagt het iets te gretig, vindt ze.

'Na het toneelstuk gaan we op kamp.'

'Ja, leuk! Moet je horen; Floris woont in Vinkenvlag en nu zegt-ie dat het een dorpje náást ons schoolkamp is! Geweldig, hè, voor Loewie?'

Laurens knikt. 'En toen dacht ik dat jij misschien mee zou willen als, euh...'

'Als?'

'Als mijn, ahum, vriendinnetje?'

De grond zakt onder Tanja weg.

Het bloed trekt uit haar wangen.

Ze knikt, tenminste, dat *denkt* ze. Ze hoopt dat ze knikt, maar ze weet niet zeker of het lukt haar spieren te bewegen.

Laurens kijkt haar aan. Maar zijn donkere ogen zijn anders dan anders. Zijn blik is indringend.

Tanja wordt er stil van.

Hij legt zijn hand in haar nek.

Ze voelt een rilling over haar rug.

'Ik vind je mooi,' fluistert hij.

'Heeft mijn zus gedaan.'

'Nee, ik bedoel: je bent altijd mooi.'

Het liefst zou Tanja hem nu op haar allerprachtigst aankijken, maar ze vreest dat ze er vooral geschrokken uitziet.

Laurens kijkt naar haar lippen.

En zij naar die van hem. Zijn lieve, volle lippen. In zijn ogen ligt nog steeds die dromerige blik. Zijn hand zo zacht in haar nek...

Dan komt hij dichterbij. Langzaam, voorzichtig. Tanja krijgt de kriebels over haar hele lijf, het voelt alsof het bloed in haar aderen begint te koken.

Het kan haar niet schelen dat buiten haar vrienden wachten. En ook niet wat anderen van haar zullen zeggen. Ze is zo verliefd, het lijkt wel alsof ze nooit eerder met een jongen was. Laurens is zo... *anders*.

Eerst geeft hij haar een klein kusje in haar hals. Ze krijgt een kus op haar mond – ze sluit haar ogen.

Dan opent ze haar lippen en hij de zijne. Voorzichtig raakt ze met haar tong de zijne aan. Ze legt haar hand op zijn schouder, op zijn rug.

Laurens legt zijn beide handen op haar rug. Hij trekt haar stevig tegen zich aan.

Ze zoenen.

En zoenen.

En zoenen...

Nanda en Tanja

Tanja's eerste schooljaar zit erop! Een veelbewogen jaar is het geweest. Het dagelijkse bestaan op het Rhijnvis Feith leek in niets op wat ze kende van de Dagobertschool.

Ze heeft jongens ontmoet, veeeel jongens. Vrolijke, lieve, akelige, vreemdgaande, grappige, knappe of opwindende jongens. Ze heeft leren zoenen en zelfs vrijen, maar ook ruziegemaakt en bepaalde types afgezworen.

Natuurlijk is Tanja ook met talrijke meisjes omgegaan. Ze waren mooi, lief, bitches, verklikkers, vriendinnen, roddelaars, zussen of melige meiden. Hoe meer Tanja zag dat iedereen verschillend en óók onzeker was, hoe meer zelfvertrouwen ze kreeg.

Tanja heeft gezongen en geschreven, ze heeft opgetreden en zelfs in een echte soap geacteerd. Ze heeft haar eerste beha gekocht, is ongesteld geworden en moest in dit brugklasjaar zelfs even in de cel. Maar alles wat ze uitprobeerde, heeft Tanja vol overgave gedaan en ik ben TROTS dat ik over haar mocht vertellen.

Ons afscheid is niet droevig, want ik neem geen afscheid van haar. Tanja is verbonden aan een bijzondere periode in mijn eigen leven, omdat ik twee kinderen heb gekregen in de vijf jaren dat ik over Tanja schreef. Daarom zal ze altijd bij me blijven. En jij? Zijn er momenten, mensen of perioden die jij nooit zult vergeten? Schrijf het me!

Lees ook *Tanja's song, Tanja is verliefd, Roddels over Tanja* en *Tanja en de jongens*.

nandaroep@hotmail.com

auteursfoto: Martijn Beekman

NANDA ROEP

Tanja's song

vlinders

NANDA ROEP

Tanja is verliefd

vlinders

NANDA ROEP

Roddels over Tanja

vlinders

NANDA ROEP

Tanja en de jongens

vlinders

Daan en Olivier

Ik heb geen mobieltje. Ik wíl ook geen mobieltje. Laatst zat ik achter in de tram en naast mij zat een meisje van zestien of zeventien. 'Hoi schat!' hoorde ik haar zwetsen. 'Waar zit jij nu...? Wát? In tram drie?! Maar daar zit ik ook!' Dat vind ik dus vervelend. Niet alleen was het een totaal overbodig gesprek, maar bovendien nam het alle verrassing weg.

Ik vertel dit omdat ook Olivier van zijn vader een mobieltje krijgt. Is hij daar dan blij mee? Nou! Hij is daar érg blij mee! Maar... hij merkt algauw dat hij nu NOOIT meer alleen is; want overal kan hij worden gebeld.

Dat is wel lastig, want soms is het prettig om alleen te zijn. Als je bijvoorbeeld in bad zit, dan wil je niet worden gebeld. Als je staat te zoenen ook niet. Als je naar een film kijkt ook niet. Als je... Nou ja, zo heb ik nog wel twintig voorbeelden. Maar je kunt je mobieltje toch *uitdoen*? (vraag jij nu verbaasd.) Nee, dat is het 'm nou juist. Als je eenmaal een mobieltje hebt, kun je het nooit meer uitdoen. Want mobieltjes hebben een geheimzinnige kracht; ze eisen van je dat je ze eeuwig en altijd aan hebt staan, want – zo fluisteren mobieltjes – je zou eens iets kunnen *missen*! Het is griezelig. Maar er is een oplossing; lees: *De liefste Olivier*, het nieuwste boek over Olivier.

Lees ook *Oliviers dagboek, De stille oorlog van Olivier, Olivier en het beest, Magic Olivier* en *De liefste Olivier*

daanremmertsdevries@hotmail.com

auteursfoto: Ruben Le Noble

Lydia en Marike

Zomeravonden waar geen eind aan wil komen, en niets anders te doen dan dromen dat *hij* langskomt... naar je glimlacht... of uit de verte even zwaait... Ik krijg spontaan last van mijn hart als ik eraan terugdenk. Mijn vlammen zaten ook in hogere klassen en zagen mij niet eens staan. Met één uitzondering, moet ik toegeven, de toekomstige vader van mijn kind – maar op hem was ík weer niet verliefd, tenminste niet toen.

Ik bleef (net als Marike, lees haar nieuwste boek *Marike en de nachtvogel* maar eens) doodgemoedereerd jaren smachten naar dezelfde onbereikbare jongen, en daar word je weliswaar niet gelukkig van, maar het heeft zijn voordelen. Ik ken meisjes die op hun veertiende halsoverkop verkering kregen en nu, op hun negentiende, moeten toegeven dat ze er niks aan vinden. Niet aan verkering, en eigenlijk niet aan die hele jongen. Zo bekeken is smachten in het wilde weg, en hier en daar een dennenboom omhelzen, zo gek nog niet. Langzaam is lekkerder.

Samir is de ideale jongen, en ik ben dan ook nog niet met hem klaar. Mijn volgende boeken (in de nieuwe serie 4EVER) zullen over hem gaan. En Marike duikt dan vanzelf ook weer op, gelukkig. Want ik kan nog geen afscheid van haar nemen.

Lees ook *Marikes vijfde geheim, Marike ♥ ... Hahaha, Marike in paniek, Marike vecht* en *Marike en de nachtvogel*

lydiarood@hotmail.com
auteursfoto: Cees Verhoeven

Hans en Douwe

Het is over, het is voorbij. Vijf jaar lang, van het eerste Vlinderboek tot dit vijfde, heb ik naast Douwe in de brugklas gezeten, en nu is het over. Nou ja, we gaan nog even op schoolkamp (natuurlijk gaat Douwe op schoolkamp, Jeltje heeft al betaald), maar dan is het echt uit.

Ik heb een dubbel gevoel over dit afscheid.

Aan de ene kant werd het wel eens tijd. Vijf jaar in de brugklas is natuurlijk voor niemand goed.

Aan de andere kant wordt het nu pas menens. Douwe kent zichzelf beter, hij is niet meer het jongetje dat alles spannend vindt, hij begint aan de lange weg die een man van hem zal maken. Op die weg zal ik hem niet meer volgen, en dat is jammer.

Mijn volgende boek gaat over Cas en Marit, die ook op het Rhijnvis Feithcollege zitten, maar dan een paar klassen hoger. Je kunt over hen en hun klasgenoten lezen in de nieuwe serie 4EVER.

Douwe heeft veel meegemaakt in de brugklas. Hij heeft geleerd te praten, hij heeft angsten overwonnen (en veel daarvan waren mijn eigen angsten), hij is gegroeid. Ik kan hem met een gerust hart laten gaan. Sterker nog, ik kan volmondig zeggen: I LOVE D.M.

Lees ook *Brief voor Douwe, Douwe en de vreemde vogel, Douwes vierde meisje, Vlucht, Douwe!* en *I love D.M.*

hanskuyper@hotmail.com
auteursfoto: Marene Kok